AF169899

Tucholsky Wagner Zola Scott Sydow Freud Schlegel
Turgenev Wallace Fonatne
Twain Walther von der Vogelweide Fouqué Friedrich II. von Preußen
Weber Freiligrath Frey
Fechner Fichte Weiße Rose von Fallersleben Kant Ernst Richthofen Frommel
Hölderlin
Fehrs Engels Fielding Eichendorff Tacitus Dumas
Faber Flaubert
Feuerbach Maximilian I. von Habsburg Fock Eliasberg Zweig Ebner Eschenbach
Ewald Eliot
Goethe Elisabeth von Österreich London Vergil
Mendelssohn Balzac Shakespeare Dostojewski Ganghofer
Trackl Stevenson Lichtenberg Rathenau Doyle Gjellerup
Mommsen Tolstoi Hambruch Droste-Hülshoff
Thoma Lenz Hanrieder
Dach Verne von Arnim Hägele Hauff Humboldt
Karrillon Reuter Rousseau Hagen Hauptmann Gautier
Garschin
Damaschke Defoe Hebbel Baudelaire
Descartes
Wolfram von Eschenbach Schopenhauer Hegel Kussmaul Herder
Bronner Darwin Dickens Grimm Jerome Rilke George
Campe Horváth Melville Aristoteles Bebel Proust
Bismarck Vigny Barlach Voltaire Federer Herodot
Gengenbach Heine
Storm Casanova Tersteegen Gilm Grillparzer Georgy
Chamberlain Lessing Langbein Gryphius
Brentano Lafontaine
Strachwitz Claudius Schiller Kralik Iffland Sokrates
Katharina II. von Rußland Bellamy Schilling
Gerstäcker Raabe Gibbon Tschechow
Löns Hesse Hoffmann Gogol Wilde Gleim Vulpius
Luther Heym Hofmannsthal Klee Hölty Morgenstern Goedicke
Roth Heyse Klopstock Kleist
Luxemburg Puschkin Homer Mörike Musil
Machiavelli La Roche Horaz
Navarra Aurel Musset Kierkegaard Kraft Kraus
Lamprecht Kind Moltke
Nestroy Marie de France Kirchhoff Hugo
Laotse Ipsen Liebknecht
Nietzsche Nansen
Marx Lassalle Gorki Klett Leibniz Ringelnatz
von Ossietzky May vom Stein Lawrence Irving
Petalozzi
Platon Pückler Knigge
Sachs Poe Michelangelo Liebermann Kock Kafka
Korolenko
de Sade Praetorius Mistral Zetkin

Der Verlag tredition aus Hamburg veröffentlicht in der Reihe **TREDITION CLASSICS** Werke aus mehr als zwei Jahrtausenden. Diese waren zu einem Großteil vergriffen oder nur noch antiquarisch erhältlich.

Symbolfigur für **TREDITION CLASSICS** ist Johannes Gutenberg (1400 — 1468), der Erfinder des Buchdrucks mit Metalllettern und der Druckerpresse.

Mit der Buchreihe **TREDITION CLASSICS** verfolgt tradition das Ziel, tausende Klassiker der Weltliteratur verschiedener Sprachen wieder als gedruckte Bücher aufzulegen – und das weltweit!

Die Buchreihe dient zur Bewahrung der Literatur und Förderung der Kultur. Sie trägt so dazu bei, dass viele tausend Werke nicht in Vergessenheit geraten.

Melchior Katánghy

Kálmán Mikszáth

Impressum

Autor: Kálmán Mikszáth
Übersetzung: Josefine Kaufmann
Umschlagkonzept: toepferschumann, Berlin

Verlag: tredition GmbH, Hamburg
ISBN: 978-3-8424-0959-0
Printed in Germany

Rechtlicher Hinweis:
Alle Werke sind nach unserem besten Wissen gemeinfrei und unterliegen damit nicht mehr dem Urheberrecht.

Ziel der TREDITION CLASSICS ist es, tausende deutsch- und fremdsprachige Klassiker wieder in Buchform verfügbar zu machen. Die Werke wurden eingescannt und digitalisiert. Dadurch können etwaige Fehler nicht komplett ausgeschlossen werden. Unsere Kooperationspartner und wir von tredition versuchen, die Werke bestmöglich zu bearbeiten. Sollten Sie trotzdem einen Fehler finden, bitten wir diesen zu entschuldigen. Die Rechtschreibung der Originalausgabe wurde unverändert übernommen. Daher können sich hinsichtlich der Schreibweise Widersprüche zu der heutigen Rechtschreibung ergeben.

Text der Originalausgabe

Koloman Mikszáth

Melchior Katánghy

Erzählung

Melchior Katánghy

Erzählung

von

Koloman Mikszáth

Autorisierte Übersetzung aus dem Ungarischen

von

Josefine Kaufmann

Leipzig

Druck und Verlag von Philipp Reclam jun.

»Ypsilon«, laß dich nicht unterkriegen!

Dem armen ungarischen Edelmann wird seine Nichtsnutzigkeit so oft unter die Nase gerieben, daß er in seiner Betrübnis hin und wieder einen Anlauf nimmt, mit ein, zwei Riesensprüngen denen nachzueilen (oder auch möglicherweise zuvorzukommen), die ihm auf dem Wege des Gedeihens voranschreiten.

Fallen dann im Laufe der Jahre den hochlöblichen Eltern doch einmal die Schuppen von den Augen, so fassen sie einen gewaltig großen Entschluß: »Was der Jude kann, können wir auch. Nur über unseren Herrenhof ist Gras gewachsen, über unseren Verstand nicht. Auch wir verstehen es, die Laufbahnen aufzusuchen, auf denen das Geld in Strömen fließt, und wir werden unsere Kinder auf diese Bahnen lenken.«

Und das Bübchen, das noch an seiner Mutter Rockzipfel hängt und mit bunten Bohnen spielt, hört, bis es heranwächst, wahrlich mehr als einmal: Ein Stuhlrichter ist heutzutage der reine Niemand. Selbst der Vizegespan ist kein großer Herr. Auch die Position eines Abgeordneten ist zusammengeschrumpft wie ein auf langsamem Feuer gebackener Pfannkuchen. Der Teufel hole den Reichstag, der schon viele gute adelige Güter verschluckt hat, wie einst der Drache in den geheimnisvollen Märchenländern die Jungfrauen verspeiste.

Es hat ja auch der ungarische Edelmann seine Augen vorn im Kopfe wie die anderen Menschen. Warum sollte just er nicht mit ihnen geradeaus schauen?

Und so war's auch. Es fanden sich wirklich einige sporadische Beispiele dafür, daß Gentrykinder eine einträgliche Laufbahn betraten. Das war recht komisch, besonders aber anfangs. Es war geradeso, als ob der Adler seine Jungen an den Sumpf führen würde: »Na, jetzt versucht ihr es auch mal, mit den Entlein um die Wette zu schwimmen!«

Gegen Ende der Sechzigerjahre fanden die Flurregelungsarbeiten auf den Feldern statt (in Oberungarn wenigstens wurden damals in den meisten Gemeinden die Fluren zusammengelegt); der Weizen der Ingenieure stand also in vollster Blüte: ein jeder von ihnen hatte Arbeit für dreißig- bis vierzigtausend Gulden.

Unsere guten adeligen Landsleute faßten daher Mut und trieben ihre Sprößlinge – selbst wenn das allergrößte und volltönendste »Ypsilon« am Ende ihres Namens hing – auf die Ingenieurlaufbahn, wo sie sich dann mit dem *sinus-cosinus*, den Logarithmen und dem Zirkel ganz gewaltig abplagen mußten.

Das ist wenigstens keine schmachvolle Laufbahn, dachten sie und suchten sich damit vor den in ihren Wappen befindlichen Tieren: den Greifen, Drachen, Störchen, Reihern usw. zu entschuldigen. Nicht ganz vornehm, das ist wohl wahr, aber doch auch nicht gerade erniedrigend. In dieser Laufbahn arbeitet der Junge auch mit Grund und Boden, und das Feld schüttet Geld über ihn aus, wenn auch nicht in Gestalt von Weizen.

So kam es, daß die Sprößlinge der damaligen Adelsfamilien fast ohne Ausnahme Ingenieure wurden; bis es ihnen aber gelang, ihr Diplom zu erwerben, waren wirklich alle Felder schon längst vermessen, und die »auf Spekulation studierten Mathematiker« sind seither infolgedessen verdammt, zum größten Teil als Diurnisten und Schreiber in verschiedentlichsten Kanzleien ihr Leben »durchzukritzeln«.

Mit einem Worte: sie kamen zu spät. Aber das macht nichts. Schließlich wird doch auch der Ungar durch eigenen Schaden klug (dieser Schaden behagt ihm sogar wohl – besonders dann, wenn er ihn schon vergessen hat). Sie hatten einfach »keinen guten Riecher gehabt«. Aber wie hätten sie den auch gleich das erstemal haben sollen? Und dabei war es doch offenbar, daß die Vermessungen ihr Ende finden mußten. Es ist eine Dummheit, Scherer für ein Lamm aufzuziehen (wenn auch sein Vlies von eitel Gold wäre), dem man schon das Fell abgezogen hat. Jetzt ist die Ingenieurlaufbahn nicht mehr die beste, sondern die der Advokaten. Man muß seine Söhne unbedingt zu Advokaten erziehen, denn so lange es in Ungarn Menschen geben wird, wird's auch Prozesse, Hader und Streit auf dieser Erde geben.

Die folgende Generation ward also zu Advokaten erzogen, während diese aber in den die Universität umgebenden Kaffeehäusern Billard spielten, hatte der Advokatenstand eine gründliche Umwälzung erfahren: aus der Ehrenstellung war ein Handwerk geworden. Es kamen andere Gesetze, andere Richter und andere Lebensverhältnisse. Bisher hatte sich der Advokat an eine Herrschaft angeklammert – oder oft an einen einzigen Prozeß – wie das Kalb an die Kuh, und saugte so lange daran, bis er sich fett gemästet hatte.

Jetzt war es aus mit den langen Prozessen; aber auch mit den faulen Richtern, die sowohl das eine Auge zudrücken, das die Gerechtigkeit gesehen hätte, als auch das andere, welches jetzt den Advokaten scharf auf die Finger guckt.

Alles hatte sich geändert; die Biene ist nicht mehr das Symbol des Fleißes und des Sammelns, sondern nur mehr das der Dummheit; die Biene fliegt von Blume zu Blume und saugt mit großer Mühe den süßen Stoff mit ihrem Rüssel auf, um ihn zu verarbeiten. Heute ist der Hamster der wahre Akquisitor, der zwei Backentaschen hat und zwei hin- und herrollende Augen, mit denen er die fertige Saat erschaut.

Also auch zur Advokatenlaufbahn kamen die adeligen jungen Herrchen zu spät. Diese Laufbahn ist heute auch nichts mehr wert. Wahrlich, mehr als einer von ihnen ward zum Kreisnotar herabgedrückt – wenn es manchem unter ihnen nicht noch schlechter erging.

In dieser schändlichen Übergangszeit war es, daß des Herrn Gutsbesitzers Johann v. Katánghy Sohn Melchior seine Reifeprüfung ablegte, was nur dadurch möglich war, daß Herr Johann den Professoren drohte, er werde sie zum Duell herausfordern, wenn sie seinen Sohn durchfallen ließen: »Weil Herr Johann v. Katánghy sich von keinem Menschen Böswilligkeit oder Sottisen gefallen lassen würde.«

Da Herr Johann v. Katánghy sich mit seinen beiden Söhnen: Karl, dem Ingenieur, und Paul, dem Advokaten, »verspätet« hatte, wie wir dies oben im allgemeinen skizzierten, so wollte er mit seinem dritten und letzten Sohne diesen Fehler gutmachen.

»Ich habe eben schlecht spekuliert,« sagte er zu sich selbst. »Man muß dem Glück entgegenschießen wie den Wildtauben. Man muß keine Laufbahn wählen, die jetzt gut ist, sondern eine, die erst mit der Zeit gut wird.«

Das ist wohl richtig, aber herzlich schwer zu tun, und so zerbrach sich Herr Johann darüber grübelnd den Kopf. Am liebsten hätte er den Jungen zum Bankbeamten gemacht, dies folgendermaßen begründend: »Auf der Weizentrift fühlt sich der Hahn am wohlsten.« Aber der königliche Rat Herr Georg v. Katánghy (Herrn Johanns Vetter), »der große Geist« der Familie, war anderer Meinung.

»Ein großes Wort das, das Bankfach, Johann. Dazu muß man direkt geboren werden. Das ist nur etwas für die Juden.«

»Mein Melcherl wird's schon lernen ... Er ist ein kluger Bengel und außerordentlich geschickt.«

Der königliche Rat senkte geringschätzig die Mundwinkel seiner fleischigen Lippen.

»Er wird's lernen? Vielleicht! Das ist aber nicht genug, Johann; du würdest vielleicht auch in deiner Jugend, wenn du dich beiläufig zehn Jahre lang darin geübt hättest, das Mäusefangen so gut erlernt haben, daß du da, wo du ohne Konkurrenz wärest, die Mäuse unbedingt fangen würdest; aber, befändest du dich unter den für diesen Beruf geborenen Katzen, so würde nicht eine einzige Maus auf deinen Teil entfallen, die Katzen würden dir alle vor der Nase wegfangen.«

Herr Johann v. Katánghy senkte traurig den Kopf.

»Hm,« sagte er nachdenklich, »etwas Wahres mag wohl daran sein.«

»Also laß dein Kind nicht Bankbeamter werden. Er taugt nicht für diesen Beruf.«

»Und dabei sieht der Schlingel doch so schlau aus, als ob er sich selbst auf einem Gletscher erhalten könnte.«

»Auf einem Gletscher, das kann schon sein, aber in der Bank nicht. Dazu ist ein Edelmann zu dumm.«

»Aber was soll ich denn aus ihm machen?«

»Einen Doktor, mein Freund, einen Doktor und nur einen Doktor. Dem Arzt gehört die Welt, denn sie kränkelt. Gibt's doch schon keinen gesunden Menschen mehr! Melcherl ist ein hübscher Junge, hat angenehme Manieren und versteht das Courschneiden aus dem ›ff‹. In dieser Laufbahn kann er es also weit bringen. Wie viele reiche Männer gibt es unter den Ärzten! Nur wer nicht will, kommt da nicht vorwärts.«

Die Worte des königlichen Rates fielen schwer ins Gewicht, und so ward denn Melchior als Hörer der Medizin eingeschrieben.

Auch Melchiors Mutter, die geborene Johanna v. Pribolßky, teilte diese Ansicht.

»Eine leichte Wissenschaft,«»sagte sie. »Kuriert der Arzt den Kranken, so ist ihm dieser dankbar dafür und lobt ihn; kuriert er ihn jedoch nicht, so verstummt der Kranke für immer und kann ihm keine Vorwürfe machen.«

Ein rednerischer Erfolg.

Melchior war, wie bereits gesagt wurde, ein hübscher Junge, mit ovalem, brünettem Gesicht und höchst imponierender Körperhaltung, so daß ihm die alte Wucherin in der Ungargasse doppelt so viel auf seine Instrumente lieh als anderen; und auch im »Café Schöja« ward ihm ein größerer Kredit zuteil als seinen Kameraden.

Die Vorlesungen der Universität besuchte er schlecht und recht; seine Kollegen behaupten nämlich, sich darauf zu besinnen, daß er während des ganzen fünfjährigen Studiums sich nur ein einziges Mal hervortat.

Dr. Csepenka, der berühmte Operateur, erklärte der Klasse damals die »Knochenfraßoperation«.

Die Diener brachten den Toten, dessen man zur Demonstration bedurfte, und legten ihn auf den Seziertisch. Csepenka legte seinen Arztkittel an und sprach zu den versammelten Hörern: »Was braucht man zu einer Knochenfraßoperation? Wer weiß es? Niemand. So werde ich's Ihnen sagen. Vor allem braucht man einen an Knochenfraß leidenden Kranken. Ist es so, oder nicht?«

»Jawohl.«

»Ganz recht, meine Herren. Also nehmen wir an,« sagte er, auf den Toten zeigend, »dies sei der betreffende Knochenfraßkranke. Das erste Requisit ist also vorhanden. Was braucht man noch? Nun? Ein Seziermesser braucht man. Richtig, ganz recht, ein Seziermesser, und weiter? (Hier streckte der gelehrte Csepenka den Mittelfinger in die Höhe.) Ei, also ein Knorpelmesser. So ist's. Ein Knorpelmesser. Und weiter? Eine Knochensäge. Und weiter? Einen Schwamm. Und dann? Eine Schüssel Wasser. Und jetzt?«

»Jetzt kann man endlich anfangen, Herr Professor.«

»I wo denn! Papperlapapp, meine Herren. Man braucht noch etwas.«

»Chloroform,« rief ein Student der Medizin dazwischen.

»Chloroform braucht man nur zum Einschläfern, *amici*. Bei kleinen Operationen aber ist's nicht nötig, den Kranken zu betäuben, sondern Assistenz ist dringend vonnöten. Der eine hält die Hand des Kranken. Kommen Sie her, Herr Demény. Ein anderer hält die Füße, damit er nicht stoßen kann. Vielleicht haben Sie die Güte, Herr Kohn. Damit ist's aber noch nicht erschöpft. Man braucht immer noch etwas. Nun? So werde ich's Ihnen sagen. Es stelle sich jemand neben den Kopf des Kranken und spreche ihm Mut zu. Denn die ärztliche Wissenschaft und die Humanität sind Geschwister. Dem Kranken tut so etwas unendlich wohl, folglich ist dies unter die beruhigenden Mittel zu rechnen. Zu dieser Rolle des Ermutigers fordere ich Sie auf, Herr v. Katánghy.«

Professor Csepenka krempelte seine Ärmel auf, während er das Seziermesser zwischen seine Zähne klemmte; Herr Demény, ein untersetzter junger Mann, faßte die Hand des Toten, der zimperliche, schwächliche Herr Kohn die Füße. Ein wahres Glück, daß der Tote nicht stoßen konnte, sonst hätte er Herrn Kohn wahrhaftig leicht fortgestoßen.

»Also jetzt!« rief Herr Csepenka. »Jedermann tue seine Pflicht!«

Der Professor ergreift den Daumen des Toten, an dem der Knochenfraß sitzen sollte und, um die Operation ganz getreu zu markieren, sagte er auch zu Katánghy: »So fangen Sie doch an!«

Daraufhin sprang unser Held zu dem Kopf des Toten, der starr und fahl auf dein Tische lag, mit erschrecklich geöffneten Augen, welche keine milde Hand auf dem traurigen Spitalslager zugedrückt hatte. Es mochte ein ungefähr dreißig Jahre alter Mann sein, mit dichtem Haar und buschigem Schnurrbart.

»Seien Sie nicht feige, mein Freund! Pressen Sie die Zähne fest aufeinander!« sprach Katánghy.

Die Studenten fingen an über die komische Situation, die aus der Pedanterie des Professors entstand, zu lachen, und kaum einer hörte Csepenka zu, der die Merkmale des Knochenfraßes ausführlich beschrieb, ehe er mit seinem Messer in den Finger der Leiche schnitt. Junker Melchior aber fuhr unbeirrt in seiner Ermutigung fort: »Fürchten Sie nichts, es dauert nicht lange. Operiert doch Herr Professor Csepenka, der große Csepenka. Freuen Sie sich, daß Sie in die Hände des großen Csepenka geraten sind!«

Der Sonnenschein drang durch die Sprossen der grünen Jalousien und huschte mutwillig-neckisch über das Gesicht der Leiche. Es schien wahrhaftig, als lächelte der Tote darüber, daß er an den großen Csepenka geraten war. Die Studenten hielten sich den Bauch vor Lachen. Csepenka selber lächelte auch.

»Ich versichere Ihnen, daß Sie zufrieden sein werden. Ein bißchen Schmerzen hat doch nichts zu bedeuten. Anderen ist schon Schlimmeres passiert. Den armen Georg Dózsa hat man auf einen rotglühenden Thron gesetzt. Was ist Ihr Fall im Vergleich damit? Und gar erst Jókais »Mann in der Büffelhaut«. Haben Sie das Buch gelesen? Das war ein Spaß! Bei lebendigem Leibe ward er geschunden und dann in eine Büffelhaut genäht. Was würden Sie zu einem solchen Vergnügen sagen?«

Hier machte Junker Melchior eine Pause, als ob er die Antwort des Toten erwarte; dieser blieb jedoch stumm.

»Pfui! Wer wird denn jammern! Was brüllen Sie denn?! Glauben Sie etwa, das wird Ihnen nützen? Denken Sie sich, es sei ein Flohbiß. Glauben Sie mir, das Ganze hat ja nichts zu bedeuten, ich sage Ihnen also nur, mein Freund, schließen Sie die Augen ...«

Das Lachen erstarrte auf aller Lippen. Der Tote schloß eines seiner Augen ...

»Er lebt! er lebt!« schrien die Hörer.

Der Tote schloß auch sein anderes Auge, und seine Brust begann sich zu heben.

Der die Schüssel haltende Assistent ließ sie vor Schreck fallen, so daß sie in tausend Scherben ging.

Bei diesem Geräusch öffnete der Tote sein linkes Auge wieder ein wenig.

Alle standen erstaunt und entsetzt, nur Dr. Csepenka nicht. Er bewahrte sein Phlegma und seinen Humor.

»Ich gratuliere Ihnen, Katánghy,« sagte er. »Das ist einer der größten rednerischen Erfolge, die ich in meinem Leben sah.«

Darauf holte er seine Schnupftabakdose hervor und nahm eine Prise. Dann hielt er die spiegelglatt polierte Fläche der Dose vor den

Mund des Toten, legte seine Hand auf das Herz desselben, fühlte ein leises Pochen, worauf er ihm mit rhythmischen Bewegungen die Brust zu kneten begann.

»Ein ganz gewöhnlicher Fall von Scheintod, meine Herren. Eine sehr interessante Sache, die jedoch nicht in mein Fach schlägt.«

Er läutete dem Diener.

»Rufen Sie den betreffenden Facharzt herein, damit er diesen Menschen in gebührende Pflege nehme. Was mich anbetrifft, hm ...«

Hier unterbrach er seine Rede, um über den passenden Ausdruck nachzudenken: »Mir bringen Sie einen besser geeigneten Toten.«

Der Fall dieser merkwürdigen Erweckung kam damals in alle Zeitungen, mit den dazu gehörigen Namen. (Der vom Tode erwachte Mensch war ein gewisser Michael Varga, ein Böttchergeselle). Der alte Johann v. Katánghy aber trug seither das betreffende Zeitungsblatt immer in seiner Rocktasche.

»Was für ein närrischer Fall,« wiederholte er seinen Bekannten. »So etwas kann aber auch nur meinem Melcherl passieren. Vertrackter Schlingel! Seit unserem Herrn Jesus Christus gab es kein Beispiel dafür; – selbst Cicero konnte das nicht erreichen; auch Ludwig Kossuth konnte keinen Toten zum Leben erwecken; eher umgekehrt; er machte mit seiner flammenden Redekunst aus den Lebenden Tote! Himmelkreuzelement! Dem Toten zu sagen: ›Schließen Sie die Augen, mein Freund‹, und der Narr gehorcht ihm und schließt sie.«

Dem alten Katánghy gefiel der gehorsame Varga so gut, daß er direkt nach Budapest fuhr, um ihn zu besuchen; und als der Kerl nach einem Monat ganz hergestellt war, nahm er ihn als Hausdiener mit sich nach Katángfalu, um ihn seinen Gästen als ein besonderes Wundertier zu zeigen.

So blieb Michael Varga auf dem Herrenhofe von Katángfalu. Als einige Jahre darauf Junker Melchior, »das große oratorische Talent« (wie ihn die Hörer der Medizin seither im Scherze nannten), sein Doktordiplom erhielt und mit großem Triumph von der benachbarten Eisenbahnstation in der blauen Familienarche (er lenkte selbst die Pferde) heimkehrte, fiel ihm sein Vater gerührt um den Hals und sprach: »Jetzt bist du ein ganzer Mann, Melcherl. Was wir verwirtschaftet haben, ich und deine Brüder, das mußt du wieder erwerben. Ich kann dir zum Anfange nicht Gold und Silber geben, da ich selber keines besitze; aber ich habe dir eine Erziehung gegeben, und jetzt gebe ich dir auch noch Michael Varga als Diener; er wird dir sicherlich Glück bringen.«

Die Praxis.

Melchior legte jedoch vorerst sein Diplom dorthin, wo auch diejenigen seiner Brüder lagen: nämlich in die Schreibtischlade. Es war ihm weit lieber, zu Hause herumzufaulenzen und auf die Jagd nach Rebhühnern und Hasen zu gehen, als auf die nach Patienten. Jener wütende Greis, der sich im Wappen der Katánghys auf blauem Felde spreizt, ließ ihn absolut nicht los.

Wenn sein Vater ihn ermahnte, doch endlich mit der Praxis zu beginnen und in die Stadt zu ziehen (sei es nach Eperjes oder nach Kassa, wohin es ihm beliebte), antwortete er immer: »Ich hab' ja noch Zeit dazu.« Er schob den Termin immer weiter hinaus, bis zum Herbst, 's ward aber nichts daraus. Na, also dann im Frühling. Auch daraus wurde nichts. Immer kam etwas dazwischen. Einmal zögerte der junge Doktor, ein anderes Mal wieder hatte der Papa just nichts dagegen, daß er den großen Herrn spielte, besonders da er gerade anfing, eine vermögende Familie mit Töchtern zu besuchen. Es gab in den Nachbardörfern ein paar hübsche und reiche Mädchen. Wenn er vielleicht gar durch Zufall hier zu Hause irgendein Goldfischchen angeln könnte?!

Nur manchmal polterte der Alte: »Du vergißt alles, was du gelernt hast. Die Klinge rostet, wenn man damit nicht schneidet.«

»In einer guten Scheide nicht, lieber Vater. Und man kann sich ja schließlich auch zu Hause üben.«

Hie und da erkrankte ein Bauer im Dorfe durch den Genuß grüner Gurten; dem gab er Chinin gegen das Fieber; oder es brach einer das Bein, das der Doktor einrichten mußte. Aber besondere Krankheiten kamen nicht vor.

Und wenn der alte Herr darüber jammerte und seufzte, weil er es gern gesehen hätte, daß der Junge sich immerfort geübt hätte, antwortete man ihm: »Ja, im Sommer hat der Bauer keine Zeit, krank zu sein.«

Aber auch im Winter gab es dort keine Kranken. Wieder schimpfte der Alte über die Bauern: »Also wollt ihr denn niemals krank werden?«

»Wovon sollte der Bauer im Winter denn wohl krank werden,« erwiderte man ihm, »wenn er kaum etwas zu essen hat?«

Die Leute von Katángfalu sind eben arm, sie haben schlechte Äcker, die ihnen manchmal kaum die Aussaat hereinbringen.

Das konnte unmöglich für die Dauer so bleiben. Der Doktor selber sah ein, daß er denn doch schließlich mit der Praxis beginnen müsse.

Nur war auch dazu Geld nötig, um eine Wohnung zu mieten und einzurichten. Geld aber hatte Johann v. Katánghy nicht, weder kleines noch großes; Schulden hingegen hatte er, sowohl kleine als auch große.

Er hatte die gewöhnliche Karriere eines Edelmannes durchlaufen, mit allen ihren Phasen. Zuerst hatte er sich auf sich selbst verlassen, dann auf sein Feld – vielleicht würde es doch einmal eine riesig große Ernte bringen – dann auf den Juden, der Geld leiht, und erst als der Jude ihm keinen Kredit mehr gab, wandte er sich mit seinem frommen Glauben an Gott. Von Gott erhoffte er jetzt alles. Sagt ja doch die heilige Schrift: Wo die Not am größten, ist Gottes Hilfe am nächsten.

Herr Johann v. Katánghy wartete also auf das Erscheinen Gottes. An seiner Statt erschien jedoch der Gerichtsexekutor ... Es pflegt gewöhnlich so zu sein.

»Was sollen wir nun anfangen?« fragte der junge Doktor düster.

»Wir werden warten,« sagte der Vater. »Es wird schon irgend etwas geschehen.«

Was eigentlich geschehen konnte, das wußte Herr Johann gerade nicht mit Bestimmtheit, weder was geschehen könnte, noch was er erwartete, – trotzdem aber wartete er geduldig weiter.

Aber wie hätte er es auch wissen können, erwartete er doch irgendein gutes »*non putarem*«. Und das »*non putarem*« ist eben deshalb ein »*non putarem*«, weil niemand es vorher erraten konnte.

Und während er das »*non putarem*« erwartete, konnte er doch seinen Zustand noch irgendwie aufrechterhalten. Keiner verstand es, ungeduldige Gläubiger mit größerer Diplomatie zu weiterem Zuwarten zu bewegen. Er hatte eine Suada wie ein Botschafter. Wo die

Suada nichts nützte, war er nicht so albern, drastischere Mittel zu verschmähen.

Zu dem in Vátorny, dem Nachbardorf, wohnenden Georg Majka, der bei ihm pfänden ließ, fuhr er hinüber und bat in gemütlichen Worten um Aufschub.

»Kann ich nicht gewähren,« erwiderte Herr Majka. »Ich brauche mein Kapital.«

»So? Sie brauchen es?« sagte er düster. »Sehen Sie die Taube dort fliegen, Herr Majka?«

»Ich sehe sie.«

Wie hätte er sie nicht sehen sollen? Sie standen am äußersten Ende des Gartens, und die Taube kreuzte über ihren Köpfen.

»Gleich werden Sie sie auch tiefer sehen,« sagte der alte Katánghy und zog mit Blitzesschnelle seine Pistole aus der Tasche hervor.

Er zielte, schoß, und die Taube fiel tot vor Herrn Majkas Füßen nieder.

»Gibt's Aufschub oder nicht?« fragte Katánghy seine Augen starr auf Majkas Gesicht heftend.

»Meinetwegen,« stammelte Majka mit bebender Stimme.

Auf diese Art zog und schleppte sich Herr Johann v. Katánghy durch zirka zwei Jahre hin, immer auf jenes gewisse *non putarem* wartend, das ihn auf einmal aus seiner unangenehmen Lage befreien sollte.

Und es kam denn auch wirklich. Aber weder in Form einer Promesse noch als amerikanischer Goldonkel, sondern es war der Tod der kam.

Johann v. Katánghy stieg infolge eines Herzschlages zu seinen Ahnen in die Gruft von Katángfalu hinab. Er hatte draußen im Forstrevier mit Michael Varga gejagt; »plötzlich brach ein großer junger Hase aus dem Gebüsch hervor und lief geradeswegs auf den hochwohlgeborenen Herrn zu (so trug Michael Varga nämlich die Sache vor). Der alte Herr hob die Büchse und zielte; doch der freche Hase kümmerte sich den Teufel darum, blieb hinter einem Ameisenhaufen stehen, richtete sich auf den hinteren Läufen auf und drohte dem Jäger mit den vorderen Läufen. Meine beiden Hände mögen verdorren, wenn es nicht so war (beteuerte Michael Varga). Der hochwohlgeborene Herr geriet in Wut über den spottenden Hasen, und ehe er seine Flinte abfeuern konnte, sank er hin und war tot.«

Die Familie verschwieg diese Details. Es wäre ja auch recht seltsam gewesen, daß ein Katánghy vor Schreck gestorben wäre, noch dazu vor Schrecken über einen Hasen! Ein so berühmter Schütze! Er ist am Herzschlag gestorben, Punktum.

Aber mit Herrn Johanns Tod hatte dann alles ein Ende. »Die drei Nichtstuer« mußten sich jetzt nach einem Broterwerb umsehen. Das Familiengut kam an einem schönen Frühlingstage unter den Hammer (ein gewisser Moritz Stern kaufte es), und nachdem die Gläubiger befriedigt waren, entfielen noch je dreitausend Gulden auf jeden der Söhne.

Die drei Brüder sanken einander in die Arme und sprachen: »Wir wollen nun Abschied voneinander nehmen und in die Welt hinausziehen, um unser Glück zu versuchen.«

Da die Schilderung der Schicksale des Ingenieurs und des Advokaten Katánghy nicht zu unserer Aufgabe gehört, so verfolgen wir nur den Lebenslauf unseres Helden, der nach Kassa in zwei schön eingerichtete Zimmer zog und eine Tafel, »Dr. Melchior v. Katánghy, praktischer Arzt«, an seiner Türe aufhing. Die goldenen Buchstaben auf dem Schilde glänzten wunderschön; der erste Patient aber wollte sich nicht einstellen.

Michael Varga saß fleißig im Vorzimmer und wartete auf das Erklingen der Türglocke. Der Arzt kam öfter heraus, um zu fragen: »Hat niemand geläutet? Mir war's, als hätte ich läuten gehört.«

»Keine Menschenseele war da, Herr. Kann sein, daß ich den Knopf ein wenig drückte, als ich ihn putzte, denn ich hatte Angst, daß die Spinnen ein Netz darüber weben könnten.«

Melchior ging zu einem seiner Kollegen, dem Dr. Andreas Demény, mit dem er die Universität besucht hatte, um ihn um Rat zu fragen.

»'s will absolut nicht gehen.«

»Das heißt, du hast keine Patienten.«

»Stimmt, und mein kleines Kapital schmilzt ganz bedenklich zusammen. Was soll ich tun?«

»Hast du nicht irgendeinen gesunden Reklameeinfall?«

»I wo denn!«

»Verstehst du dich aber wenigstens auf die Krankheiten? Hast du zu Hause seither mit der fortschreitenden Fachwissenschaft Schritt gehalten?«

»Ja; sobald diese nämlich einen Schritt vorwärts machte, machte ich zwei zurück. Das wenige, was ich wußte, habe ich vergessen.«

»Das ist wahrlich schlimm. Dann kann ich dir nur raten, heirate oder ...«

»An die Heirat habe ich auch schon gedacht; aber dazu gehören zwei, ich und ein reiches Mädchen. Die reichen Mädchen sind aber selten. Also gehen wir zu deinem ›oder‹ über.«

»Oder etabliere dich irgendwo als Badearzt.«

»Warum eben als Badearzt?«

»Weil du dazu die vollkommene Qualifikation besitzest.«

»Wie das?«

»Der Badearzt braucht gar nichts zu wissen. Nicht einmal das ›Zeigen Sie Ihre Zunge‹ ist unbedingt notwendig. Die Diagnose zu stellen, was das schwerste ist, hat er nicht nötig, denn der Patient kommt mit einer bereits konstatierten Krankheit ins Bad. Der Badearzt muß nur die Brust auskultieren, gleichviel ob er etwas hört oder nicht, und dann ordinieren, von welchem Wasser und wieviel der Kranke trinken soll, wieviel Stunden er täglich spazieren gehen soll usw.«

»Wirklich, dein Rat ist ganz gescheit.«

»Außerdem bist du ein hübscher Junge, mit dem Anstrich eines ›Gentleman‹. Wenn du dir ein Monocle ins Ange klemmst, kannst du ruhig den Attaché im Nationaltheater spielen; da du jedoch nicht einen Attaché, sondern einen Doktor spielen willst, mußt du unbedingt eine Brille tragen. Fürchte nichts, die Frauen werden dich trotz der Brille noch riesig hübsch finden. Und da der größte Teil des Badepublikums aus Frauen besteht, ist es ganz ausgeschlossen, daß du als Badearzt nicht eine Zukunft haben solltest.

Hundert Napoleons.

Das war kein schlechter Rat, sondern er war es wert, befolgt zu werden. Nur daß auch die Badeärzte schwer auf einen grünen Zweig kommen, wenn sie sich nicht ein bißchen auf »Barnum-Reklame« verstehen. Ein Badearzt, dem es gut geht, ist ein »Herr«, denn im Winter hat er absolut nichts zu tun, kann sich in irgendein Städtchen zurückziehen und dort sein Leben genießen. Dieser Rat gefiel denn auch unserm Melchior ausnehmend gut. Wenn es aber doch nicht gut geht? Ei was, man muß eben irgend etwas ersinnen, um das Glück zu zwingen. Es gilt, irgendwie ein berühmter Mann zu werden. Einem berühmten Doktor strömt das Geld nur so zum Fenster herein. Aber auch der Weg zum Ruhm ist lang. Wer könnte das abwarten?

Melcherl hätte es am liebsten so gehabt, daß er gleich mit der Berühmtheit begonnen hätte. Das wäre viel bequemer gewesen. Er grübelte denn auch darüber nach, ebenso wie diejenigen, die um das »perpetuum mobile« oder um die Quadratur des Zirkels ihre Phantasien weben. Warum sollte es ihm nicht glücken?

Wie wäre es, wenn er mit einem Aplomb aufträte, der das Publikum überrascht und ihm imponiert? Er hatte noch 2000 Gulden Kapital; das ist nicht viel, aber man kann damit doch das gehörige Tempo einhalten. Schlägt's ein, gut, schlägt's nicht ein, so ist's wohl wahrlich nicht gut; aber wenigstens hat er dann sein Blut nicht tropfenweise versprizt, sondern er hat der Geschichte mit einem Schlage ein Ende gemacht.

Natürlich ist ja ein solches Verfahren ein Schwindel; kann man sich denn aber heutigentags ohne ein klein bißchen Hochstapelei überhaupt durchbringen?

Die Welt ist modern, auch auf das Moderne muß man sich verstehen; wer dumm ist, geht zugrunde, so wie das welk gewordene Laub vom Baume abfällt.

So philosophierte unser Held und fand auch sehr schnell den Ort, an dem er sich niederlassen wollte: Bad Prixdorf, das jährlich 5000 Kurgäste und nur zwölf Ärzte hat. Melchior machte eine kleine Berechnung. Ungefähr 400 Seelen fallen auf jeden Arzt; von diesen kommt, sagen wir, jeder Zweite, um sich kurieren zu lassen; also fallen auf jeden 200 Kranke. Jeder Kranke zahlt dem Arzt für die ganze Badesaison durchschnittlich 20 Gulden, das macht also 4000 Gulden. Das ist doch schon etwas. Wenn wir jetzt noch dazugeben, was er – wenn er geschickt auftritt – den übrigen Kollegen vor der Nase wegfischt, so kann er eventuell in Bad Prixdorf sogar zu Vermögen kommen.

Sofort reiste er hin, um mit dem Badedirektor Fühlung zu nehmen.

Der Direktor, ein Deutscher, namens Krüger, schien – trotzdem er den Ärzten spinnefeind war, denen von Prixdorf aber ganz besonders – auf den ersten Blick Sympathie für unseren Helden zu empfinden und gab ihm die Erlaubnis, sich da niederzulassen, nachdem er ihn freundlich darauf aufmerksam gemacht hatte, daß es ihm schwer fallen dürfte, sich zu erhalten, weil es in Prixdorf ohnehin schon zu viele Doktoren gebe. Ein, zwei Ärzte, die gerade in Mode sind, fangen die fetten Bissen ab, den anderen bleiben nur die Knochen.

Melchior lächelte überlegen.

»Bitte das nur ruhig mir zu überlassen.«

»Ich wünsche Ihnen viel Glück.«

Später äußerte sich Herr Direktor Krüger vor Freundesohren, daß er dem scharmanten Dr. v. Katánghy nur deshalb gestattet habe, sich zu etablieren, weil er der dreizehnte sein werde, woraus man folgerichtig schließen könnte, daß einer aus dem »Status der Doktoren« innerhalb eines Jahres sterben werde.

Katánghy ließ sich also zu Beginn der Saison in Prixdorf nieder.

Ich will meinen geehrten Leser nicht durch die Beschreibung des Bades Prixdorf langweilen, denn er hat sicherlich schon Beschreibungen von Kurorten gelesen und ist auch wohl selbst zu dem Schlusse gekommen, daß in der Beschreibung alle Bäder der Welt gleich sind. Ozonreiche Luft, schöne reine Wohnungen, schattige Promenaden, wundergute Kost, lächerlich billige Preise, herrliche Bedienung, erfrischende Mineral- und Heilquellen, wundervolle Ausflugsplätzchen, Lawn-Tennis, Tombola usw.

Eine solche Kurortbeschreibung ähnelt in der Tat jenem Pferde, das in dem von den Krankheiten der Pferde handelnden wissenschaftlichen Buch auf der ersten Seite abgemalt ist, mit der Andeutung aller jener Krankheiten, die nur jemals bei allen Pferden insgesamt vorgekommen sind, bei einem einzigen Pferde jedoch niemals – nur daß bei der Kurortbeschreibung die Vorzüge sämtlicher Kurorte in diesem einen Bade vereint sind.

Ich unternehme es also nicht, Prixdorf zu beschreiben, obgleich es ein ganz hübscher Ort ist und viele ungarische Gäste hat. Wie denn auch nicht! Ungarn gibt es überall, nur zu Hause gibt es deren nicht genug. Wenn man sich in ein ausländisches Bad verirrt, so müßte man, nach der dort befindlichen Menge Ungarn zu urteilen, glauben, zu Hause seien deren noch mindestens 50 Millionen zurückgeblieben! ...

In jener Saison ging es recht lebhaft in Prixdorf zu. Tausende und aber Tausende drängten sich um den Brunnen; schöne Weibchen mit schwarzen Wachsleinentaschen an der Seite, in denen sie ihre Trinkbecher und ihre Glasröhren tragen, durch die sie das kohlensaure eisenhaltige Wasser schlürfen, um ihre Zähne nicht zu verderben; gelbbeschuhte Herrchen, die trotz ihres Lungenkatarrhs Abenteuer suchen. Der Badetratsch – eine ganz besondere Spezialität – ist in vollstem Schwange. Im Kurort durchlebt der Mensch Jahrzehnte in zwei Monaten. Das Publikum geht und kommt unbemerkt, der Wechsel vollzieht sich ohne Unterlaß. Das Bild ist immer dasselbe, am Brunnen, im Kursalon, bei der Musik und überall, aber die Personen sind immer andere. Die Bekannten vom vorigen Monat kommen dem Menschen so vor, wie bekannte Gestalten aus längst verflossenen Zeiten, deren verschwommenes Bild nebelhaft im Gedächtnis aufblitzt. Und welche Wandlung machen die Menschen an solchem Platze durch! Im Kurort und überhaupt auf Reisen liebt es jeder, sich als größeren Herrn zu zeigen, als er zu Hause ist. (Ausgenommen die wirklich großen Herren, die sich hier kleiner machen, weil sie dies als ein Ausruhen betrachten; den Rang des »großen Herrn« genießen sie ja zu Hause bis zum Überdruß.

Diese ganze Masse ist eitel Lug und Trug. Der eine lügt mehr, der andere weniger. Es gehört ein sehr scharfer Blick dazu, hier entsprechend zu reduzieren, gleichwie ein sicheres Urteil dazu gehört, aus den Mitteilungen einer Zeitung die Ereignisse in ihrer wirklichen Gestalt herauszufinden. Es gibt keine Lügen mehr, es gibt nur ein schlechtes Augenmaß und ein schwaches Urteilsvermögen.

Die Prixdorfer Badegäste hatten auch in diesem Jahre alle Vergnügungen, wie in anderen Jahren: Scheibenschießen, Forellenfang, Ausflüge hoch zu »Esel« und andere unschuldige Freuden, die ein paar tausend Menschen ohne Beschäftigung nur ersinnen können. Hundert geringfügige Sachen dienen diesen Leuten als Zerstreuung; sogar der Anblick der Wäscherinnen, die die schöngewaschene und geplättete Wäsche in großen Körben auf ihren Köpfen in die Villen tragen, wirkt erheiternd auf sie. Die herumlungernden jungen Herrchen erkennen sie gewöhnlich.

»Schau, schau, der Unterrock der kleinen Försterin.«

»Richtig. Die andere dort bringt der blonden Frau Konsul ihre Sachen nach Hause. Sehen Sie nur, erkennen Sie nicht, die lila Batistbluse, dort an der Seite, über den Hemden? Ach, die Hemden der Frau Konsul!«

Nur im Kurort kann man sehen, welch ein dummes Vieh der Mensch ist, wenn man ihm seine gewohnte Beschäftigung nimmt, wenn er die Hülle abgeworfen hat, in der er sich gescheit zu benehmen weiß.

Zu Hunderten sind sie hier, sie, die Monate hindurch von nichts anderem reden, als von ihrem Magen und von ihrem Schlaf; immer über diese beiden Gegenstände in verschiedenen Variationen: »Heute fühle ich mich etwas wohler als gestern.«

»Ich habe auch viel besser geschlafen. Vor Mitternacht bin ich nur ein einziges Mal erwacht.«

»Ich verspürte so gegen drei Uhr einen kleinen Krampf im Magen.«

»Mir kommt es vor, als hätte ich seit gestern Rheumatismus im Nacken.«

»Gestern hatte ich sehr guten Appetit. Ich habe ein ganzes Beefsteak verspeist. Und es war wirklich ein sehr großes Stück.«

»Mir verursachen Fleischspeisen abends immer Alpdrücken.«

»Wahrhaftig, der Rostbraten am verflossenen Freitag abend war schuld daran, daß ich die ganze Nacht von Ochsen träumte.«

Und so geht das fort, die ganze Saison hindurch. Die vielen Menschen reden gewöhnlich darüber. Ein wahres Glück, daß zu diesen allgemeinen Dingen doch auch so manches Besondere dazukommt. Ein paar Abenteuer gibt es immer, um die sich dann naturgemäß unbedingt ein kleiner Tratsch dreht; und dann ist auch das Durchhecheln der Doktoren stets ein Hauptvergnügen. Sie sind Esel, Charlatane, kümmern sich nicht um die Kranken. Dieser hat die und die Patienten, jener hat das und das ordiniert. Dr. H. schneidet einer schönen Patientin die Cour, läßt das junge Frauchen sich bei jeder Visite bis aufs Hemd entkleiden, damit der Schlingel sein Ohr an ihren Busen drücken kann, wenn er ihre Brust auskultiert. Von Dr. Z. wußten die Klatschbasen zu erzählen, daß er aus kleinen Krankheiten große mache wie der Bader von Klemenberg, der seinen Gehilfen, als dieser aus dem wunden Finger eines Bauern den Dorn entfernt hatte, auszankte: »Du bist ein Esel! Du hättest den Dorn tiefer hineintreiben sollen, damit wir mehr Geld herausschlagen.«

Das ausgiebigste Tratschthema in dieser Badesaison bildete aber doch der neue Arzt; über ihn redete nicht nur das Kurpublikum, sondern auch die Ärzte und sogar die Einwohner von Prixdorf.

»Ein hübscher Mensch,« sagten die Vertreterinnen des schwächeren Geschlechtes.

»Er ist sehr stark beschäftigt,« sagten die Einwohner erstaunt.

»Er kocht uns alle ab,« meinten die Kollegen voller Schrecken. »Eine ganz unbegreifliche Sache!«

»Es geht ihm sehr gut. Sicher versteht er seine Kunst,« so dachten die Laien.

Kurz, man sprach von ihm. Er erregte Aussehen. Er gehörte zu den Neuheiten der Saison: Ein neuer Arzt, ein ungarischer Arzt. Ein Adeliger: Herr v. Katánghy.

Näheres über ihn wußte keiner; die Frauen, die ihn als hübschen Menschen priesen, konnten nichts erfahren, weil er immer in seinem Wagen saß und rasch über die Gassen und Plätze jagte, als ob er immer zu todkranken Patienten eilte. Vom frühen Morgen bis zum späten Abend sah man ihn; bald hier, bald dort tauchte das ernste, einfache und doch so elegante Gespann auf, immer im Galopp. Hie und da hielt es vor einer Villa; der Doktor sprang herab (er war von schönem, schlankem Wuchs), stieg mit fieberhafter Eile die Treppen hinan, nahm oft zwei Stufen zugleich; er mußte gräßlich viel zu tun haben. Nach einigen Minuten kam er zurück, müde, keuchend und schnaubend, mit seinem Taschentuch sich den Schweiß von der Stirne wischend. Dann fuhr der Wagen wieder weiter, nach einer am entgegengesetzten Ende des Kurortes gelegenen Villa. Unterwegs hielt der Doktor seine im Sonnenscheine glänzende goldene Uhr in der Hand, als ob selbst das schnelle Schwinden der Sekunden ihn alterierte, und oft, besonders wo er ein größeres Publikum sah, trieb er den Kutscher an: »Rasch, rasch, wir verspäten uns!«

Die Frauen, sage ich, konnten von ihm nichts erlangen, weil er keine Zeit hatte, sich mit ihnen zu beschäftigen. Bedauernswerter Mann, dachten sie, der ein Sklave der Arbeit ist. Mittags verschlang er hastig sein Essen, dann fuhr er wieder in diesem verdammten Wagen (wann mögen nur seine Pferde fressen?); auch das Abendbrot stürzte er in sich hinein und jagte wieder weiter. Sogar nachts konnte man oft das Rollen seines Wagens hören. Es war ein eigentümliches, seltsames Geräusch, das sein schwarzgepolsterter »Brummer« verursachte. Wenn die Schläfer durch dieses Geräusch geweckt wurden, murmelten sie, sich auf die andere Seite wendend: »Herr Dr. v. Katánghy muß sehr schwer Kranke haben.«

Es wurde dann auch beim Frühstück als nächtliches Ereignis erwähnt: »Katánghy muß Schwerkranke behandeln, ich hörte heute nacht seinen Wagen ein paarmal unter meinem Fenster vorbeifahren.«

Wer waren aber diese Kranken? Ja, das wußte niemand. Im übrigen jedoch kam es gar nicht zu dieser Frage. Ein jeder begnügte sich damit, daß der Doktor sehr viele Kranke haben müsse; was sollte man sich den Kopf darüber zerbrechen, wer sie seien? Er – der Wortführer – war es nicht, auch nicht sein Freund Paul, noch die Frau Rechtsanwalt aus Györ; alle übrigen Leute kümmern ihn herzlich wenig.

Wer hätte aber auch eine solche schlaue List vermuten können! Nur ich und der Apotheker, der während des ganzen Sommers alles in allem fünf von Katánghy geschriebene Rezepte abgegeben hatte, wußten, daß unser Freund Melchior überhaupt keine Kranken hatte, sondern nur mit englischem Raffinement den mit Arbeit überhäuften Menschen so meisterhaft spielte, daß ihm kein Teufel auf die Schliche hätte kommen können; meinte doch selbst der Apotheker mißtrauisch: »Am Ende kuriert er gar mit Hausmitteln?«

Jawohl, Melchior v. Katánghy nahm all seinen Witz zusammen. War er ja doch auch ein Sohn des ›*fin de siècle!*‹ Und schließlich, wenn ein aus Sáros stammender Mensch sich für einen Amerikaner ausgeben will, so braucht er dazu durchaus keine Vorstudien zu machen; die aus Sáros sind immer »fertige« Leute!

Wie ein verbitterter Spieler setzte Melchior alles auf eine Karte. (Dieses »Alles« waren seine 2000 Gulden.)

Er mietete in Prixdorf eine elegante Wohnung, möblierte sie sehr hübsch, ließ sich ein Täfelchen anfertigen, auf dem in Goldbuchstaben zu lesen stand: »Dr. Melchior v. Katánghy, Brunnenarzt«, kaufte ein schönes Gespann (zwei gute graue Traber), setzte auf den Kutschbock einen Kutscher in Frack und Zylinderhut und überredete den guten Michel Varga, den er einst auf der Universität lebendig geredet hatte, sich den Schnurrbart abrasieren zu lassen. Er steckte ihn in eine pompöse Kammerdienerlivree und betrat, so ausgerüstet, die tollkühnen Wege zum gewaltsamen Erjagen des Glückes so geschickt, daß man ihn schon nach sehr kurzer Zeit in ganz Prixdorf für den am meisten gesuchten Arzt hielt.

Große Geschicklichkeit gehörte besonders zur Markierung der Besuche in den Villen. Denn unser biederer Landsmann machte natürlich keine Visiten, sondern ging nur in den ersten Stock hinauf und lungerte dort herum, oder versteckte sich an einem geeigneten Orte, bis einige Minuten verstrichen waren. Die vorwitzige Dienerschaft der Villen hätte leicht bemerken können, daß er nur »den Wind vor sich hertrieb«; aber seine Haltung war so imponierend, sein Auftreten so würdevoll, und seine geschäftige Eile war so natürlich, daß es niemand in den Sinn gekommen wäre, so etwas zu denken.

Und welche Ausdauer zeigte er! Immer wieder konsequent täglich dasselbe tun, ohne jeden Erfolg!

Denn er hatte keinen Erfolg. Michel, der unterdessen zu Hause in seiner Kammerdienerlivree auf die Patienten wartete, hatte stets nur das eine zu berichten: »Niemand hier gewesen!«

Das ist auch ganz natürlich. Die Badegäste wählen gleich am Tage ihrer Ankunft ihren Arzt, entweder den vom vergangenen Jahre, oder den, den sie schon im Vorjahre »ausersehen« hatten; das findige Manöver des neuen Arztes ist demnach eine Saat, die erst nach einem Jahre zur Ernte reif ist. Wer sich eventuell jetzt in ihn verliebt, oder wen sein modernes Wesen blendet, der wird ihn erst in der künftigen Saison aufsuchen. Aber die künftige Saison ist noch fern; bis dahin vermag sich unser Doktor nicht, auf der Höhe zu halten.

Eines Tages jedoch, als der Arzt nach Hause kam, – denn um den vollen Anschein zu wahren, mußte er die großen Wagentouren gelegentlich unterbrechen und nach Hause schauen, um die inzwischen im Wartezimmer angesammelten Patienten abzufertigen, in Wahrheit jedoch, um auf dem Diwan ausgestreckt ein oder zwei Tschibuks zu rauchen –, zwinkerte ihm Michel schon von weitem bedeutungsvoll zu.

»Ist jemand drinnen?« fragte der Doktor leise.

»Eine Baronin mit ihrer Tochter,« flüsterte der Kammerdiener vertraulich.

»Eine Baronin?! Alle Wetter!«

Wie elektrisiert öffnete Katánghy die Tür des Wartezimmers.

Vom Diwan erhob sich eine ältere Dame von übervoller Gestalt und mit so enormem Busen, daß man sich unwillkürlich fragte: wie kann wohl diese hochbusige Matrone ihre Suppe essen? Gewiß nur, wenn sie den Teller über die Hügel ganz hinauf bis unter ihr Kinn hebt. Übrigens war ihr Gesicht sehr intelligent, und weder das Doppelkinn noch ihre Verwelktheit vermochten sie alles Interessanten zu berauben. Ihre Augen waren aber noch sehr schön.

»Mein Name ist Baronin Blandi.«

Der Arzt verbeugte sich mit tiefer Achtung, die Matrone aber zeigte auf die etwas entfernter stehende jüngere Dame: »Meine

Tochter Klara, derentwegen wir den Herrn Doktor bemühen wollen.«

»So? Das Fräulein ist die Kranke?«

Er maß sie mit einem flüchtigen Blick vom Scheitel bis zur Sohle. Das blonde Fräulein war von hohem, schlankem Wuchse, nicht mehr jung, jedoch noch keine alte Jungfer. Ihr ruhiger, tiefer Blick hatte einen Zug voll Schlauheit. Ihr Antlitz schien etwas leidend, um die Lippen schwebte ein mattes, farbloses Lächeln; aber das stand ihr recht gut und verlieh ihr ein sehr vornehmes Aussehen.

»Bitte sich in mein Arbeitszimmer zu bemühen, meine Damen!«

Während er sie voranschreiten ließ, unterzog er die Toiletten der Damen einer gründlichen Musterung.

Welchen Arzt würde wohl sein erster Patient nicht interessieren? Besonders wenn es eine Baronin Blandi ist! Ob es wohl nur so eine »Talmi«, so eine »Kurortsbaronin« war? Die Augenblicksrevue fiel gut aus. Melchior verstand sich auf Toiletten. Diese Spitzen waren echt, in den Ohren der Baronin glitzerten sehr schöne Brillanten, das einfache Batistkleid des Fräuleins stammte aus einem sehr vornehmen Salon; alles an ihnen war außerordentlich elegant und geschmackvoll, von den Strohhüten und schwedischen Handschuhen angefangen, bis zum letzten »Joujou«. Und die Eleganz und die wirkliche Vornehmheit kann man an Kleinigkeiten erkennen. Mit einem Wort, Melchior war sehr zufrieden. Der erste Patient ist außerordentlich befriedigend, und das ist als Prognostikon sehr viel wert. Er begann schon, sich für den Arzt der aristokratischen Welt zu halten und sah eine strahlende Zukunft vor sich. Er sah im Geiste vor seiner Wohnung glänzende Equipagen, aus denen Lakaien in funkelnden Livreen die kränklichen Ladies und Marquisen heraushoben.

»Was fehlt der Baronesse eigentlich?« fragte er, nachdem er den Damen in seinem Arbeitszimmer Sitze angeboten hatte, während er selbst aus Höflichkeit stehen blieb.

»Meine Tochter ist nicht Baronesse,« sagte die Baronin in strengem Tone.

»Wie das?«

»Mein erster Mann hieß Paul v. Bodrogßeghy. Erst lange nach der Geburt meiner Tochter ward ich die Gemahlin des Barons Blandi. Aber das spielt ja in diesem Falle durchaus keine Rolle. Die Hauptsache ist, daß meine Tochter seit einiger Zeit hüstelt und auch manchmal fiebert. Ich möchte bitten, sie ganz gründlich zu untersuchen.«

»Jedenfalls, Frau Baronin. Seit wann machen sich diese Erscheinungen geltend?«

»Ungefähr seit dem Februar. Aber so antworte doch selbst, mein Herzchen!«

»Ja, Mama.«

»Pflegen Sie nachts zu schwitzen?«

»Nein,« entgegnete Fräulein Klara.

»Haben Sie Schmerzen in der Brust?«

»Gar nicht.«

»Sehr gut. Wann pflegt das Fieber aufzutreten?«

»Das Fieber verschwindet oft für Wochen, um dann ohne erkennbare Ursache wieder aufzutreten,« nahm die Baronin das Wort, sich dabei unausgesetzt fächelnd, was ganz natürlich war bei der Vollblütigkeit der Baronin, die einen kurzen Hals hatte, da von draußen durch die Fensterjalousien die Augusthitze so glühend hereinströmte, als käme sie aus einem Backofen.

»Wir werden dann also etwas Chinin verschreiben.«

»Wir haben heute sicherlich Sirocco,« bemerkte die Baronin Blandi, stark pfauchend.

Der Arzt konnte sich eines Lächelns nicht enthalten.

»Ach Gott, ich bin so furchtbar beschäftigt, daß ich gar nicht weiß, was für Wetter wir haben.«

In seinem Ausrufe lag so viel Bitterkeit christlicher Selbstverleugnung, als hätte er damit sagen wollen: O, gnädigste Frau, welch' ein Unglück ist es, berühmt zu sein!

»In der Tat, Sie sind über Gebühr in Anspruch genommen. Man sagte uns das auch in der Villa, aber wir ließen uns nicht entmutigen. Meine Tochter wünschte Sie um jeden Preis zu konsultieren.

»Ich bin Ihnen sehr verbunden ... wirklich sehr verbunden. Doch, gehen wir ans Werk, die Zeit verstreicht. (Nervös warf er einen Blick auf die Uhr.) Bitte sich zu entkleiden, mein Fräulein.«

Klaras Gesicht ward flammendrot; verschämt senkte sie die Augen. Jetzt war sie wirklich sehr hübsch.

»Aber sei doch nicht töricht, Klärchen. Schäme dich nur nicht vor dem Herrn Doktor; schnüre deine Taille auf, mein Kind. Aber vielleicht sollte sie kein Mieder tragen, Herr Doktor? Ei was du für ein großes Kind bist, Klara! Der Herr Doktor sieht dich doch nicht mit solchen Augen an wie ein anderer Mann; man pflegt den Herrn Doktor als nicht anwesend zu betrachten. Allerdings, er ist noch ein junger Mann, aber wie ich glaube, verheiratet. Nicht wahr, Sie sind verheiratet, Herr Doktor? Wie, noch nicht verheiratet?! Na, einerlei, schließe die Augen, und dann herunter mit der Taille, eins, zwei drei ...«

Klärchen drückte die Augen zu, während sie mechanisch ihre Taille aufschnürte ... Armes Lämmchen. Sie zitterte heftig während dieses aufregenden Vorganges.

Als der Doktor sein Ohr über dem dünnen Batisthemd an ihr Herz drückte, zuckte sie zusammen und biß sich in die Lippe.

»Bitte tief Atem zu holen. Nicht gar so tief ... So, so.«

Dann beklopfte er die Brust und den Rücken an mehreren Stellen.

»Hier, an dieser Stelle ist der Ton ein wenig dumpf,« sagte er. »Wollen Sie sich wieder ankleiden!«

Er schaute sie nicht einmal an, zeigte kein sonderliches Interesse; ihn alterierte der Duft durchaus nicht, den ihr feiner Körper ausströmte; kalt, gleichgültig sagte er: »Wollen Sie sich wieder ankleiden«, als würde er täglich Hunderte von Frauen untersuchen.

»Nun?« fragte die Baronin begierig.

»Ich finde einen kleinen Lungenspitzenkatarrh zwischen der dritten und vierten Rippe,« erwiderte der Doktor in unheilkündendem Tone.

»Heiliger Gott. Es wird doch nicht schlimm werden?!«

»Wir werden alles tun, damit es nicht geschehe.«

Der Arzt setzte sich an seinen Schreibtisch, schrieb in ein großes altes Buch irgendwo in der Mitte den Namen der Kranken, die Villa, in der sie wohnte (sie hieß die »Marmorbraut«), die Symptome, die er gefunden hatte, verschrieb ein Pulver gegen das Fieber, ordinierte dem Fräulein, jeden Morgen 100 Gramm Wasser aus der Katharinenquelle zu trinken, viel in freier Luft zu sitzen, am Nachmittag ein bißchen Fichtenduft zu inhalieren und wenig zu reden. »Nie war das Schweigen so echtes Gold,« sagte er, »wie es bei Ihnen sein wird.«

So verlief die erste Visite. Die hundertmal erträumte erste Patientin entfernte sich mit einem leichten, fast hochmütigen Kopfnicken.

Drei Tage später machte der Doktor einen Besuch in der »Marmorbraut« (einer der teuersten Villen), wo Blandis im ersten Stock zwei sehr elegant eingerichtete Zimmer bewohnten.

Fräulein Klara lag draußen im Garten in einer unter den Platanen angebrachten Hängematte und streckte dem Doktor beide Hände entgegen.

»Ihre Pulver haben mich vom Fieber befreit!«

»Ja? Also fühlen Sie sich wohler?«

»Unvergleichlich wohler; als ob man mich ausgetauscht hätte.«

»Appetit?«

»Wie ein Wolf! Ihre Medizin hat Wunder getan!«

Das Fräulein warf unserem Helden dankbare Blicke zu, ihre großen blauen Augen schwammen in feuchtem Glanze, als ob sie in Tränen gebadet wären.

Herr Melchior schlug die Augen nieder. Obschon er ein rechter Schlaumeier war, beschämte ihn dennoch eine so außerordentliche

Dankbezeigung. Für ein paar Chininpulver ist das denn doch zuviel!

»Nicht der Rede wert!« murmelte er und legte unwillig die Stirn in Falten.

Es kam ihm nämlich in den Sinn, daß die gar so dankbaren Patienten gewöhnlich schlecht zahlen. Der Wortschwall wird verschwendet, um die Gulden zu sparen.

»Wie geht es mit dem Husten?«

»Der ist noch da.«

»Der wird ausbleiben, wenn die Ursache dazu verschwindet. Nun, und die Mama?«

»Die ist oben im Zimmer.«

»Ich habe gerade noch fünf Minuten Zeit, um auch ihr meine Aufwartung zu machen.«

»Mein Gott, so eilig haben Sie es?«

»Ja, die Pflicht, mein Fräulein. Aber morgen oder übermorgen habe ich vielleicht Zeit, wieder herzuschauen. Also gehen wir hinauf. Darf ich Ihnen meinen Arm anbieten?«

Eine eigentümliche Weichheit und Milde ergoß sich über Klaras ganzes Wesen, etwas Rhythmisches lag in ihren Schritten. Ihr Gang war wie Musik.

Die ganze Fassade der Villa war mit Heckenrosen bewachsen. Tausende und aber Tausende von Rosen hingen an der Wand, auch am Eingang hingen welche. Der Doktor pflückte unwillkürlich eine halb erblühte Knospe ab und steckte sie ins Knopfloch.

»Sie Böser,« sagte Klara schmollend, als sie die Treppe hinaufgingen, »gerade meine Knospe haben Sie abgepflückt. Schon seit zwei Tagen lauere ich auf sie; heute ließ ich sie noch am Stengel, damit sie ein bißchen erstarke, und siehe da, er nimmt sie mir vor der Nase weg.«

Melchior war vom Klange dieser mutwilligen Stimme ganz betroffen. Was konnte er anderes tun, als die Knospe aus dem Knopfloch nehmen? Aus seiner Rolle des ernsten Äskulap fallend, reichte er mit der Allüre eines Hofmachers Klara die Knospe und sagte: »Da ist sie! Weinen Sie nur nicht!«

Klara steckte sie lächelnd in ihr üppiges blondes Haar.

Als Melchior am anderen Tage bei den Damen Besuch machte, stand die bereits etwas welk gewordene gestrige Knospe in einem Glase Wasser. Aber Melchior dachte in seiner kritischen Lage ans Hofmachen und an die Liebe ebensowenig wie der dem Henker Verfallene in der Armesünderzelle an die nächstjährige Ernte. Es ist sogar möglich, daß er die der Knospe widerfahrene Ehrung nicht einmal bemerkte.

Blandis wollten sechs Wochen in Prixdorf bleiben; inzwischen kamen sie häufig mit dem Doktor in Berührung, der fast jeden zweiten Tag bei ihnen erschien, stets mit seiner gewohnten Hast. Manchmal trafen sie sich beim Speisen im Korridor des Hotels »Zum goldenen Apfel«, hier natürlich nur ganz flüchtig. Der Doktor aß furchtbar schnell, und schon beim zweiten Gang stürzte gewöhnlich sein Kammerdiener keuchend herein, um ihn abzurufen. Der Baronin, die eine vortreffliche Suada hatte, gelang es niemals, sich mit ihm ordentlich auszusprechen. Oft hatte sie gerade irgendeine Unterhaltung angefangen, die sie aber nicht beendigen konnte, weil Katánghy nicht solange blieb, weshalb sie ihm gegenüber nach und nach immer kühler wurde.

»Geh doch mit deinem Doktor,« sagte sie öfter zu ihrer Tochter, »das ist ein so unangenehmer, kalter Geselle, der so fest an seinem Berufe hängt, wie die Schlange am Stabe Äskulaps.«

»Aber er ist ein sehr hübscher Mensch. Und hat gewiß sehr viel Geld.«

»Wer weiß.«

»Wenn er jetzt noch nicht viel hat, so wird er doch sicherlich einmal viel haben. Außerdem hat er anständige Manieren und einen schönen adeligen Namen. Er würde in König Johanns Händen einen mächtigen ›Stoff‹ abgeben.«

»Na na, wenn du nur nicht daneben schlägst!«

»Wer wagt, gewinnt!«

Die alte Baronin schüttelte mißbilligend den Kopf.

Fräulein Klara wendete trotzig den Kopf ab.

»Du hast absolut keine Ausdauer, Mama. Du liebst nur die gebratenen Tauben, wenn sie gleich fertig sind, aber sie sollen auch noch gut gespickt sein.«

»Nun, mein Kind, an deiner gebratenen Taube würde ich nicht einmal Geschmack finden, wenn ich mit ihr allein auf einer kahlen Insel wäre.«

»Das ist Geschmacksache.«

»Dein Plappermäulchen ist vortrefflich im Gange.«

»Ich bin dir nachgeraten, Mamachen.«

Solche Wortgeplänkel fanden öfter zwischen Mutter und Tochter statt, welch letztere in zwei oder drei Wochen von ihrem Lungenspitzenkatarrh gänzlich befreit war; ihr Gesicht hatte eine frische, rosige Farbe bekommen, sie sah jetzt aus wie »eine gefüllte Taube«. (So behauptete wenigstens ein Offizier, der ihr den Hof machte.) Die Wage des Bademeisters zeigte eine Zunahme ihres schlanken, biegsamen Körpers um 10 Kilogramm.

»Wenn die Kost hier nur besser wäre!« polterte die Baronin vor dem Doktor. »Es ist ja fürchterlich, was den Leuten hier als Essen vorgesetzt wird. Im künftigen Jahre, wenn ich da noch lebe, bringe ich einen Koch mit.«

Bei diesem Worte gab der Doktor seiner Brille einen lebhaften Ruck. Klara aber warf der Mutter einen dankbar gerührten Blick zu, der zu sagen schien: »Mamachen, du hilfst mir gut.«

Baronin Blandi empfand im allgemeinen einen großen Abscheu gegen die Gastwirte von Prixdorf, und es machte ihr viel Spaß, wenn sie das »Menü« des anderen Tages nach dem jeweiligen Wetter voraussagen konnte, weil sie die Schlauheit der Gastwirte herausgefunden hatte; war es windig, so prophezeite sie, daß auf der morgigen Speisekarte Apfelstrudel stehen wird, damit die vielen unreifen Äpfel, die der Wind von den Bäumen herabgeschleudert hatte, Verwendung fänden; stellte sich plötzlich Regenwetter ein, so hätte sie darauf geschworen, daß es am nächsten Tage »Kaiserschmarren« geben wird, denn diese Art von Verwertung der vielen auf den Tischen durchnäßten Semmeln ist bei diesen verfluchten »Blutegeln« unabwendbar.

Unser Held verriet niemals Neugierde betreffs der Privatverhältnisse der Baronin. Warum, ließ sich nicht feststellen. War es bloß Gleichgültigkeit oder feine Lebensart? War er sehr raffiniert, oder interessierten ihn Blandis absolut nicht? Klara grübelte oft darüber nach.

Da aber die Baronin manchmal gar zu mitteilsam war, mußte er notwendigerweise dies und jenes erfahren; manchmal stellte er Fragen, aber nur dann, wenn das allgemeine Gesprächsthema diese zufällig aufs Tapet brachte.

So erfuhr er, daß Blandis in Klagenfurt lebten (kein gutes Zeichen, denn Klagenfurt wird »Vize-Graz« genannt, die Stadt der gern reich scheinenden armen Leute). Daß Baron Blandi so liebenswürdig war, schon vor ein paar Jahren zu sterben, ... wenn er überhaupt jemals gelebt hatte (in einem Kurort wird jeder Mensch zum ungläubigen Thomas); daß Frau Blandi oft nach Ungarn zu ihrem Bruder fährt, der kinderlos ist, und – so nebenher wurde ihm dies mitgeteilt – daß Klara dessen Patenkind und einzige Erbin sei. – Arme Klara, wie schade, daß sie kein Mann ist!

Der Doktor war neugierig, zu erfahren, warum dies gar so bedauerlich sei.

»Weil der Onkel eine Ware auf Lager hält,« sagte die Baronin gemütlich lächelnd, »die nur für Männer gut ist.«

»Ist er Kaufmann?«

»Nein, Fabrikant.«

Der Doktor fragte nicht, was für ein Fabrikant. Er dachte, sicher ist der Onkel Pfeifenfabrikant; und als hätte sie in seiner Seele gelesen, fügte die Baronin zu Klärchen gewendet hinzu: »Die Fabrikate des Alten finden jetzt reißenden Absatz. Heute kostet das Stück schon 20 000 Gulden.«

Alles vergeblich, der Doktor erkundigte sich doch noch immer nicht; er gab sich mit dem Gedanken zufrieden, daß der Onkel gewiß kein Pfeifenfabrikant, sondern vielleicht ein Werftbesitzer sei.

Als der Doktor fort war, konnte die Baronin sich nicht enthalten, die übrigens gerechtfertigte Bemerkung zu machen: »Schade, an den Worte zu verschwenden. Der wird nie Feuer fangen. Punktum.«

»Ei, feuchter Tabak brennt auch, Mamachen. Ich habe das schon hundertmal gesehen, nur mit dem Unterschied, daß mehr Zündhölzer dazu nötig sind.«

»Die heutigen Zündhölzer haben nicht gezündet.«

»Weil mehr Phosphor dazu nötig gewesen wäre.«

Tatsache jedoch war, daß die Erwähnung des Fabrikanten von sehr günstiger Wirkung auf *Dr. v.* Katánghy war, natürlich nur in gewissem Sinne, weil seine an Blandis sich knüpfenden Gedanken niemals über die Honorarfrage hinausgingen. Er dachte sich: Diese Blandis müssen doch solide Leute sein, da sie einen Fabrikanten als ihren Onkel erwähnen, während sie doch gerade so gut auch den Fürsten Lobkowitz hätten nennen können. Blandis sind reelle Leute und werden mir sicherlich ein hübsches Honorar zahlen.

Wieviel? Unser Held rechnete auf 50 Gulden, das wäre anständig, aber nicht nobel; eine freigebige Bezahlung wäre ein Hunderter.

Auf diesen Hunderter würde er bald angewiesen sein. Von den vierzig »Fünfzigern«, die er mitgebracht hatte, war »der letzte Mohikaner« bereits eingewechselt. In einigen Tagen konnte das ganze Räderwerk mangels Schmieröls stillstehen.

Es ist wohl wahr, daß gerade die Badeärzte am leichtesten den Hahn des Geldstromes aufdrehen können. Sie brauchen dem Kranken nur zu sagen: »Sie sind vollkommen hergestellt, Sie können morgen abreisen«; oder wenn der Kranke Lust zeigt, noch länger zu verweilen, sagt er ihm: »Ihnen schadet dieses Klima«, worauf dann das unausbleibliche »Briefkuvert« eintrifft. Nur braucht man dazu eine Klientel; Katánghy hatte aber außer Blandis kaum vier, fünf Patienten, und auch diese waren kaum erst angekommen.

Es blieb ihm also kein anderer Ausweg übrig, als Blandis eines schönen Tages nach Hause zu schicken.

»Das Fräulein ist gänzlich geheilt. Sie braucht keinen Arzt mehr,« sprach er.

Sein Antlitz zeigte dabei große Traurigkeit. Klara war seine erste Patientin, er empfand daher eine gewisse Vorliebe für sie. Es würde ihr vielleicht gut tun, noch ein, zwei Wochen hier in der Fichtenluft zu bleiben, und dennoch schickte er sie fort. Aber was sollte er tun? Not kennt kein Gebot.

Klara schien unter der Wucht dieser Worte fast zusammenzubrechen.

»Wie denn,« sagte sie entsetzt, »sind Sie unser schon überdrüssig geworden?«

»Wie können Sie das glauben?« entgegnete der Doktor heiter, man hörte aber aus seiner Stimme seine Verlegenheit und seinen Mißmut heraus. »Ihre Gesundheit ist der Gesichtspunkt, den ich über alles stelle. Ihnen tut diese Luft jetzt nicht mehr gut, die Tage sind schon kurz, und da der Tau jetzt sehr stark ist, sind die Abende feucht und schädlich für Sie. Sie haben, wie die Biene aus der Blume, aus Prixdorf aufgesogen, was gut und belebend war, was schädlich ist, lassen Sie nun hier.«

»Sehr richtig, Herr Doktor,« sagte die Baronin. »Künftige Woche werden wir abreisen.«

»So viel Aufschub kann ich Ihnen nicht gewähren. Gehen Sie lieber irgendwohin zur Nachkur.«

»Wohin würden Sie uns raten zu gehen?«

»Zum Beispiel nach Ungarn. Um diese Zeit ist es in der Tiefebene am besten.«

»Wäre das Széklerland nicht gut?«

»Hm. Meinetwegen. Dorf oder Stadt?«

»Eine kleine Stadt.«

Das Mädchen wandte sich fragend an die Mutter, während eine Träne über ihre Wange rollte.

»Wir gehen zu Onkel Johann,« sagte sie gleichsam als Antwort auf den fragenden Blick ihrer Tochter.

Der Arzt sah Tränen in Klaras Augen und wendete gerührt den Kopf ab.

»Ich sehe, es tut Ihnen sehr leid, Prixdorf zu verlassen ... ich bedaure gewiß auch, daß Sie scheiden, aber die Gesundheit ist das Wichtigste.«

So ward beschlossen, daß Blandis übermorgen reisen.

Am nächsten Tage fuhr der Doktor während seiner zum Schein unternommenen Wagenfahrten jede halbe Stunde nach Hause. Er erwartete ungeduldig Blandis mit dem Honorar. Mit ungefähr solchen Gefühlen hatte er als Hörer der Medizin dem Geldbriefträger aufgelauert.

Auch die Mittagszeit ging vorüber; nichts; die Vesperstunde nahte, und Blandis hatten sich noch immer nicht gezeigt.

»Waren sie nicht hier, Michel?«

»Nein.«

»Warst du die ganze Zeit über zu Hause?«

»Ja.«

»Bist du nicht vom Hause weggegangen, auch nicht für eine Minute? Aber antworte auf dein Gewissen, du Spitzbube!«

»Nein.«

»Komm her, hauche mich an!«

Der Kammerdiener hauchte den Herrn an, der nicht den leisesten Schnapsduft verspürte, *ergo* hatte Michel sich nicht vom Hause weggerührt.

»Unbegreiflich.«

Der Doktor wurde ungeduldig und aufgeregt. Er säße schön in der Patsche, wenn ... Aber daran wagte er nicht einmal zu denken. Es wäre fürchterlich, denn morgen hatte er einige kleine Rechnungen zu zahlen und konnte selbst diese nicht mehr begleichen. Es ist ja wahr, es handelt sich nur um ein paar Gulden. Aber was will das sagen? Manchmal kommt es just auf ein Kilo Kohle an, wenn der Mensch nicht unrettbar erfrieren und zugrunde gehen soll.

Er wollte eben in den Wagen steigen und zur »Marmorbraut« fahren, um sich zu erkundigen, als er Klara erblickte, die gerade am Anfang der gegenüberliegenden Allee auftauchte.

Sie trug ein leichtes, schwarzes Spitzenkleid, einen Strohhut von der gleichen Farbe, den zwei winzige Sonnenblumen zierten. Jetzt erst fiel dem Doktor auf, welch eine vornehme Gestalt sie hatte! Schlank, hoch, kerzengerade, wie ein junger Hirsch.

Sie kam direkt auf ihn zu.

»Welches Glück,« sagte sie, und eine leichte Röte überzog den milchweißen Teint, »welch ein Glück, daß ich Sie zu Hause finde.«

»Wünschen Sie vielleicht einzutreten?«

»Ich will Sie Ihren Kranken nicht vorenthalten. Ich kam nur, um Abschied zu nehmen ...«

»Ja, richtig, richtig, morgen reisen Sie ja ...«

»Und ich bringe eine Kleinigkeit, die Mama Ihnen sendet.«

Mit diesen Worten überreichte sie dem Doktor eine kleine Papierschachtel, welche dieser mit vornehmer Gleichgültigkeit in seine Tasche gleiten ließ.

»Bitte dies als ein bescheidenes äußeres Zeichen unserer Dankesschuld anzunehmen,« fuhr das Mädchen in fast übertrieben weichem Tone fort. »O, wenn ich nur in der Lage wäre, Ihnen unseren Dank besser zu bezeigen. Haben Sie doch mein Leben gerettet, und wenn wir die Sache ganz genau nehmen, so sollte dieses Leben Ihnen gehören.«

»Ich tat von Herzen gern, was nur möglich war, mein Fräulein. Wann fahren Sie morgen?«

Er unterbrach sie, um den konventionellen Phrasen vorzubeugen, in die gut gekleidete Menschen das Geld zu hüllen pflegen.

»Mit dem Mittagszuge.«

»Dann werde ich noch vormittags meine Aufwartung machen. Aber wollen Sie denn nicht einen Augenblick Platz nehmen?«

In dem gartenartigen Hofe luden bequeme Bänke unter großen Fichtenbäumen zu einer gemütlichen kleinen Plauderei ein.

Klara schüttelte melancholisch den Kopf, während sie ihre Hände schlaff herabhängen ließ.

»Nein, nein, ich setze mich nicht,« sagte sie mit unendlicher Traurigkeit.

»Ei, ei, Sie wollen mir doch nicht den Schlaf rauben, wie man bei uns in Ungarn sagt?«

»Doch, das will ich.«

Sie lächelte sanft, halb schalkhaft, halb vorwurfsvoll, machte einen Knicks wie ein kleines Mädchen und verließ dann raschen Schrittes den Doktor, der ihr überrascht nachblickte.

»Potztausend! Was für ein appetitliches Ding das ist!«

Kaum aber war ihre Gestalt zwischen den alten Kastanienbäumen verschwunden, die über die Wiese zur »Marmorbraut« führten, so entschwand für den Doktor mit ihrer Gestalt auch die Erinnerung an sie; er fühlte nichts anderes, als die kleine Schachtel in seiner Tasche, diese aber fühlte er sehr, denn sie war schwer. Vielleicht hatte man sie mit Silbergulden gefüllt? Er begab sich schnell in sein Zimmer, um sie vorsichtig zu öffnen, wobei sein Herz heftig klopfte.

Doch plötzlich begann er sich die Augen zu reiben: war es ein Trugbild, was er da sah, oder war es ein Traum? ... denn Wirklichkeit konnte es nicht sein!

Funkelnde Goldstücke fielen aus dem zerrissenen Papieretui. Lauter neugeprägte Napoleons! Er ward erst starr, dann fing er an zu zählen. Es waren hundert Stück. Das Wort allein ist schon viel für einen jungen Doktor, einen Anfänger. Hundert Napoleons!

Wer hätte das gedacht? Die Augen quollen ihm förmlich aus dem Kopfe, und er konnte sie nicht von den Goldmünzen, seinem ersten Verdienst, abwenden.

Sie müssen reich, sehr reich sein! murmelte er. Hundert Goldstücke für eine Behandlung von einigen Wochen zu zahlen! So etwas ist in Prixdorf sicherlich noch nicht vorgekommen! Und dabei sagte das Fräulein: »Wollte Gott, ich wäre in der Lage, unserem Danke besseren Ausdruck verleihen zu können!« Ich mußte annehmen, daß die Schachtel sehr spärlich gefüllt sei – am Ende habe ich ein saures Gesicht dazu geschnitten! Im ganzen war das Betragen des Mädchens so sonderbar. Wie sagte sie doch? »Sie haben mir das

Leben gerettet, dieses Leben sollte eigentlich Ihnen gehören.« Oho, das ist doch beinahe ein Geständnis. O, ich einfältiger Tölpel!

Der Doktor schlug sich vor die Stirn. (Denn das tut seit Jahrhunderten jeder halbwegs ordentliche Mann, der eine Eselei begangen hat, wenn er in die Hände eines Novellisten gerät.) Er rief sich alle Erinnerungen an Blandis ins Gedächtnis zurück, von der Stunde ihres ersten Besuches bis heute, und machte sich Vorwürfe.

Hätte ich ihnen nicht mehr Beachtung schenken sollen? Sicherlich hätte ich's wissen können; hat denn nicht Frau Blandi erwähnt, sie würde künftig ihren eigenen Koch mitbringen? O, wo hatte ich nur meinen Verstand, daß es mir nicht einfiel, ich hätte es mit reichen Leuten zu tun! Donnerwetter! Einen Koch hierherbringen! Ei, ei, Melchior! Fast unglaublich, daß du das mit eigenen Ohren hörtest, ohne daß deine findige Seele darauf reagiert hätte. Und alles andere erst! Bist du denn taub und blind, Melchior? (Er stellte sich vor den Spiegel, strich sein Haar in die Höhe und sprach so mit sich selbst, Auge in Auge:) Du verdientest wirklich, daß dir das Glück den Rücken wende, statt dir in den Schoß zu fallen. Bewahrte nicht das arme Mädchen deine lumpige Rosenknospe gleich einem Kleinod im Wasserglase? (Melchior steckte seine beiden Daumen in seine beiden Ohren und machte dem anderen Melchior im Spiegel lange Eselsohren.) Perlte ihr nicht eine Träne aus dem Auge, als ich erklärte, es sei für sie an der Zeit abzureisen? Und ich schicke sie noch weg! Das ist einfach unerhört! Aus mir kann unmöglich jemals etwas Rechtes werden! Wenn ich mir nur ihren Blick vergegenwärtige, ihr häufiges Erröten! ... Ja, wenn ich kein Tölpel gewesen wäre ... Jetzt aber ist alles zu Ende! Sie gehen. Sie gehen, weil ich sie vertrieb!

Er ergriff seinen Hut und rannte wie wahnsinnig zu seinem Wagen.

»Zur Marmorbraut!« befahl er dem Kutscher.

Unterwegs legte sich seine Aufregung ein wenig, er sah, daß ein so schneller Besuch sehr auffallend wäre und die Sachlage nur verschlechtern konnte.

Dort angelangt, schickte er den Wagen fort und ging nicht in die Villa, sondern lungerte nur in der Umgebung derselben zwischen den riesigen Platanenbäumen herum; an einem derselben war ein großes Plakat mit dem Programm des übermorgigen Konzerts angeschlagen.

Erregt ging er auf und nieder, hielt immer wieder inne, las das Plakat, mit einem Auge nach der Pforte der Villa spähend, ob nicht irgendwo Blandis auftauchten. Eine zufällige Begegnung auf neutralem Gebiet wäre jetzt unbezahlbar. Er hatte zwar durchaus keinen festen Plan, das käme aber von selbst, wenn er sie nur treffen würde; dann könnte man vielleicht der Situation diplomatisch eine günstige Wendung geben.

Er hatte schon das ganze Plakat auswendig gelernt, als ihm das Glück in ziemlich hinterlistiger Weise zu Hilfe kam.

Aus einem Fenster des ersten Stockwerkes der Villa »Posen« flog ein grüner Papagei heraus und ließ sich auf der höchsten Platane nieder, gerade auf jener, an der das Plakat angeschlagen war.

Die unglückliche Besitzerin des herzigen Papageis (eine Tuchhändlersgattin aus Brünn) und ihre Tochter, ein zartes, schmächtiges Geschöpf, deren mit Sommersprossen besprenkeltes Gesicht aussah wie ein Wachtelei, versuchten den Flüchtling mit Jammern und Wehklagen vom Baume herabzulocken.

»Komm, du liebes Gigerl! Komm, du liebes Gigerl!«

Gigerl jedoch bezeigte auch nicht die geringste Lust, herunterzukommen. Er schaukelte und wiegte sich gleichmütig auf einem dünnen Aste hin und her.

Die Tuchhändlersgattin spitzte ihre welken Lippen, um ihm Küsse zuzuschmatzen.

Die Antwort des Papageis war, daß er noch etwa drei Äste höher flog – eine große Unhöflichkeit, aber zugleich ein Beweis von Charakter. Man mußte nun für etwas sorgen, das noch süßer ist als ein Kuß.

»Lauf hinauf, hole die Zuckerdose, Blanka!«

Während Fräulein Blanka ging, um die Zuckerdose zu holen, hörte die Frau nicht auf, das eigensinnige Gigerl anzuflehen: »Komm herunter, mein Liebling, komm herunter, mein Glück, meine einzige

Freude! Verlaß mich nicht, ich würde mich in Kummer verzehren; komm herunter, mach' keine Geschichten, mein Gigerl!«

Die Vorübergehenden blieben bei diesem ungewohnten Anblick neugierig stehen. Die Frau klagte tränenden Auges: »Sehen Sie nur, meine Herren und Damen, wie er mit mir umgeht! Er ist entflohen! Er hat alles gehabt, niemand hat ihm etwas zuleide getan! O Gigerl! Du Undankbarer!«

Wo zehn bis zwanzig Menschen stehenbleiben, bildet sich rasch ein Menschenknäuel. Die kleine Gruppe zieht die Gesamtheit gleich einem Magnet an. Als Fräulein Blanka mit der Zuckerdose herunterkam, war schon das ganze Badepublikum versammelt. Kein Menschenkind ist so neugierig, wie der sogenannte »Kurgast«, auch dann, wenn er keine Unterröcke trägt. Auf den in allen Richtungen einander kreuzenden Spazierwegen ergossen sich sozusagen die Menschenströme, Leute, die ihre Schritte beschleunigend einander fragten: »Holla! Was geschieht denn dort?«

»Man macht Jagd auf einen entflohenen Papagei.«

»Hoho! Ein entflohener Papagei! Potztausend, das kriegt man nicht alle Tage zu sehen!«

Die Brünner Tuchhändlersgattin öffnete die silberne Zuckerdose und begann unter dem Baum mit dem Zucker zu klappern.

»Zucker! Zucker! Zucker!« rief sie Gigerl zu.

»Troll dich! Troll dich! Troll dich!« kreischte der Papagei vom Baume herunter, ohne sich zu rühren.

Das Publikum brach in Lachen aus, amüsierte sich ganz vortrefflich, die verzweifelte Dame aus Brünn hingegen versprach den im Klettern bewanderten Straßenjungen Belohnungen aller Art, wenn sie ihr den Papagei lebendig vom Baum herunterholen.

Mittlerweile hatten sich aber auch die Einwohner von Prixdorf schon angesammelt und gaben ihre Weisheit, jeder in einer anderen Form, zum besten.

»Was sollen wir nur tun?« jammerte händeringend die unglückliche Herrin des Vogels.

»Das klügste wäre, den Baum zu fällen,« meinte der Apotheker, »dann könnte man den Vogel schön ruhig einfangen.«

»Dummheit!« sagte ein untersetzter Kommis aus dem Juweliergeschäft »Zum blauen Storch«. »Ich beordere einen Feuerwehrmann mit einer Handspritze her, der kann den Vogel mit dem Wasserstrahl herunterholen. Mein Gott, welches Glück, daß es Feuerwehrleute gibt!« (Notabene: er war der Feuerwehrkommandant von Prixdorf.)

Ja, das wird gut sein. Wahrlich, das Ei des Kolumbus! Schnell, hole jemand ein Leintuch, das man um er dem Baum ausgebreitet halten wird, damit der herabstürzende Papagei sich nicht verletze. Der untersetzte Kommis selbst rannte mit triumphierendem Gesicht davon, um einen mit der Handspritze ausgerüsteten Feuerwehrmann zu holen, und da bei diesem hochinteressanten Schauspiel eine stetig anschwellende Menschenmenge zusammenlief, hatte der Doktor in der riesigen Menge nur zu suchen, wo Blandis waren.

Sie standen an dem Springbrunnen der Villa »Posen«. Die Baronin starrte durch ihre Lorgnette den gefiederten Flüchtling an, sich mit ihrem saphirblauen Schirm gegen die Sonnenstrahlen schützend, Klärchen aber senkte traurig ihren Kopf, als suchte sie vierblätterige Kleeblätter in dem durch den Springbrunnen reichlich bewässerten, üppigen Grase.

»Ah, der Doktor!« sagte sie, zusammenfahrend wie ein aufgescheuchtes Vöglein.

»Merkwürdig!« rief die Mama. »Auch Sie schauen dem grünen Vogel zu?«

Beschämt zog der Doktor den Kopf zwischen die Schultern, wie einer, der auf irgendeiner Schwäche ertappt wird.

»So ist's. Auch mich packte die Neugierde, da ich hier einen solchen Auflauf sah.«

»Was glauben Sie,« fragte Klara, »wird der Vogel fortfliegen oder wird es gelingen, ihn herunterzulocken?«

Melchior trat näher an sie heran und sagte leise, viel weicher als gewöhnlich: »Was liegt mir daran, da mein Lieblingsvogel morgen leider bestimmt fortfliegt.«

Und er begleitete seine Worte mit einem vielsagenden Blick.

Ein triumphierender Glanz zuckte in den Augen des Mädchens auf, um gleich darauf wie eine ausgeblasene Kerze zu erlöschen.

»Warum ließen Sie den Käfig offen? Nein, Sie verschlossen denselben sogar,« bemerkte sie ruhig und gelassen.

Man sah, daß sie des Doktors Anspielung verstanden hatte.

Melchior kam in Verlegenheit. Darauf fand er keine Antwort.

Ein drückendes Schweigen trat ein.

»Der Feuerwehrmann kommt! Hier ist der Feuerwehrmann!« jauchzte die Baronin, die das Schicksal des Flüchtlings mit solchem Interesse verfolgte, als handelte es sich um die Entwicklung eines Theaterstückes.

Melchior beugte sich näher zu Klaras Ohr und wiederholte leise seine vorherige Frage.

»Was glauben Sie, wird der Vogel fortfliegen, oder wird es gelingen, ihn zurückzulocken?«

Klärchen lachte spöttisch auf, als ob die Sache ihr zu langweilig wäre. Sie fühlte, daß sie an Terrain gewonnen hätte.

»Aber so gehen Sie doch mit ihren Parabeln!« sagte sie schmollend.

Es waren zwei geriebene Diplomaten, die hier miteinander kämpften.

»Ja, oder nein?« flüsterte der Doktor in süßlichem Tone.

»Doktor, was ist Ihnen? Ich erkenne Sie nicht mehr?«

»Es ist auch nicht mehr der Doktor, der jetzt zu Ihnen spricht.«

»Aber wo ist denn der Doktor geblieben?«

Katánghy antwortete mit gemütlicher Bonhomie, die seinem bisherigen Wesen so fern stand: »Ei so erwähnen Sie mir doch gar nicht diesen dummen Doktor, der imstande war, die Kranke nach Hause zu schicken, obgleich ihm das im Herzen leid tat. Hiermit war aber auch seine Aufgabe beendet. Der Doktor existiert nicht mehr!«

»Armer Doktor!«

»Jetzt haben Sie nur Melchior Katánghy vor sich, dem die Abreise des schönsten Mädchens unendlich weh tut, und der sich erlaubt, einen untertänigen Rat zu geben: Bitte, hören Sie nicht auf den Doktor, bleiben Sie noch ein paar Tage hier.«

Es war ein halb scherzender Ton, und doch konnte man den Ernst herausfühlen. Klärchen antwortete in ähnlicher Weise.

»Also tut Ihnen das Herz weh?«

»Sie glauben es nicht?«

»Warum denn nicht! Es ist so köstlich, daß ich es schon deshalb gern glaube.«

»Was gibt es denn?« fuhr die Baronin erschreckt auf. »Was habt ihr vor?«

»Denke dir nur, Mama, der Doktor will uns überreden, noch ein paar Tage hier zu bleiben.«

»Er erlaubt sich vielleicht nur einen Scherz mit dir.«

»Mag sein, Mama.«

Darauf mußte der Doktor denn doch etwas sagen.

»Wahrhaftig, ich möchte die gnädige Frau und das gnädige Fräulein zum Bleiben bewegen.«

»O! O!«

Die Baronin war verblüfft. Sie sah bald den Doktor an, bald ihre Tochter, und fing an alles zu verstehen. Sie entnahm ihrem lilafarbigen Samtridikül ihre Tabakdose und überlegte, während sie ein Prischen nahm, wie sie sich verhalten sollte.«

»Ei, Doktor,« sagte sie mit einigem Spott. »Welch überraschenden neuen Rat Sie uns da geben! Also jetzt halten Sie das Bleiben nicht mehr für schädlich?«

»Doch, es ist schädlich, aber nur für mich.«

Auch das war nur ein Kompliment, das nicht ernst genommen werden durfte.

Die Baronin richtete ihre Antwort dementsprechend ein, indem sie, den Doktor mit dem geschlossenen Sonnenschirm scherzhaft bedrohend, sagte: »Man sollte gar nicht glauben, was für ein großer Duckmäuser Sie sind! Aber es könnte Ihnen noch leid tun, wenn wir, Ihrem schlechteren Rate folgend, hier blieben!«

»Ich werde glücklich sein!«

»Ach, gehen Sie doch. Sie Pharisäer! Haben Sie sich doch gar nicht um uns gekümmert!«

»Die berufliche Überbürdung, Frau Baronin ... Aber ich verspreche Ihnen, mich zu bessern.«

»Wir glauben Ihnen nicht!« warf Klärchen dazwischen.

Unter solchen Neckereien kamen sie bis zur »Marmorbraut«, während der Papagei, von einem Wasserstrahl getroffen, unter großem Gekreische auf das Dach der Villa »Posen« flog.

»Also bleiben Sie?« fragte der Doktor bei der Trennung noch einmal. »Versprechen Sie doch, zu bleiben.«

Er verneigte sich und küßte der Baronin die Hand.

»Wir werden sehen,« erwiderte diese unter frohem Gelächter.

»Wo soupieren Sie?«

»Wie gewöhnlich im ›Goldenen Apfel‹.«

»Ich möchte an Ihrem Tische Platz nehmen, wenn Sie es gestatten.«

»Es wird uns sehr freuen, also auf Wiedersehen!«

»Er verbeugte sich nochmals und streckte Klara die Hand hin, die mit kühler Koketterie ihre kleine Hand in die seine legte, wobei sie sich mit der Schüchternheit eines wohlerzogenen Backfisches an ihre Mutter anschmiegte, als fürchtete sie, daß der Doktor ihr etwas Keckes sagen könnte.

Armer Doktor! Seine Schritte waren noch nicht verklungen, als der wohlerzogene Backfisch sich schüttelte wie das Rößlein in der Sage und mit einem Male zu einer zornigen Furie wurde, deren Augen Blitze schossen und die, ihre Hände in den Hüften, die Worte hervorzischte: »Ein niederträchtiger Geselle!«

Die Mama schritt langsam auf dem weichen Mattenteppich neben ihr einher; auf jeder Treppenstufe blieb sie keuchend stehen. Oben angelangt, wandte sie sich fragenden Blickes an ihre Tochter: »Also was wird daraus werden?«

»Er wird mich heiraten,« sagte Klärchen triumphierend.

König Johann.

Blandis blieben. Der Flirt dauerte kaum eine Woche, und der Arzt hatte um Klaras Hand angehalten. Sie ward ihm zugesagt. Zwei Wochen darauf fand schon die Trauung in der kleinen Klosterkirche von Prixdorf statt, in deren schattigem Gärtchen die Franziskanermönche ihre Tarockpartie spielen.

Zur Hochzeit kamen die beiden Brüder Melchior v. Katánghys, der Ingenieur und der Advokat; von seiten der Blandis: Christoph Bodrogßegi, der Bruder der Braut, der als Ulanenleutnant in Innsbruck garnisonierte, und Johann Király (König), der Bruder der Frau Blandi – denn Frau Blandi war der Abstammung nach eine Széklerin, und man nannte sie in ihrer Glanzzeit nicht mit Unrecht »die schöne Königstochter« – sie war die jüngste Tochter des Stuhlrichters Aron König.

Johann Király war ein schöner, lebhafter alter Herr mit roten Wangen, weißem Haar und kleinen Augen: gemeinhin nannte man ihn nur »König Johann«, und er galt in ganz Siebenbürgen für einen außerordentlich verschmitzten Menschen.

Wenn er zum Fürsten geboren worden wäre, so hätte er wahrscheinlich ganz Europa in Aufruhr versetzt durch seine verschlagene Denkungsart, die Schlauheit seines ränkespinnenden Schädels und seine auf menschliche Schwächen aufgebauten pfiffigen Pläne; aber »König Johann« war gottlob nur der Bürgermeister von Szentandrás, einer Székler Stadt.

Er stand aber auch so fest auf seinen Füßen und hielt die Zügel straff wie Napoleon. Man liebte ihn nicht, doch fürchtete man ihn, weil er den Leuten imponierte. Er war unbarmherzig und ein rechter Tyrann in seinem kleinen Wirkungskreise.

Würden die Hennen von Szentandrás ein Tagebuch führen, so würden sie den Namen König Johann dem des Herodes gleich darin verzeichnen. Als der Minister des Innern einst in der Stadt übernachtete, ließ der Bürgermeister, wie Leutnant Christoph erzählte, am Nachmittag austrommeln: »Hiemit wird allen, die es angeht, kund und zu wissen getan, daß bis 8 Uhr abends alle Bewohner der

Csapógasse sämtliche Hähne bei strenger Strafe geschlachtet haben müssen!«

Kurz, es wurden sämtliche Hähne ausgerottet, damit kein Hahnenschrei Se. Exzellenz im nächtlichen Schlummer störe.

Es ist kaum auszudenken, welche Verbitterung im Reiche der Hennen geherrscht haben mußte. Sogar bei der Belagerung von Weinsberg durfte jede Frau einen Mann mitnehmen. Hier blieb aber kein einziger Hahn am Leben.

Ja, König Johann war ein geborener König, nach dem Vorbild der alten Tyrannen! Was wäre erst aus ihm geworden, wenn er statt des Bürgermeisterstabes eine Guillotine in seine Gewalt bekommen und statt eines Heiducken in blauer Attila ein ganzes Heer seinen Befehlen gehorcht hätte.

Aber das »Wenn« bleibt immer nur ein Wenn. Die Wahrheit ist, daß er auch so stark und mächtig war. Seine mit allen Salben geschmierten Hände reichten weit über die Grenzen des Städtchens hinaus, und so weit das menschliche Auge durch ein Vergrößerungsglas von der Spitze eines Turmes blicken kann, regierte er auf sehr geschickte Weise; er leitete und beeinflußte die Menschen, gleichviel ob diese ihm folgen wollten oder nicht.

Er kam kurz vor der Hochzeit nach Prixdorf und reiste noch am Tage der Feier ab. Er wollte gerade nur der Trauung beiwohnen, da er unaufschiebbare Geschäfte in Budapest hatte, wie er sagte.

König Johann hatte durchaus nichts Königliches an sich, nur seine Stimme klang schnarrend, befehlshaberisch, und sein Schnurrbart kräuselte sich so in die Höhe, wie einst jener Stephan Báthorys.

Frau Blandi und ihre Tochter gingen zu seinem Empfange auf den Bahnhof hinaus und nahmen auch den Bräutigam mit. Frau Blandi ermahnte ihn: »Das ist ein bedeutender Mensch. Seien Sie liebenswürdig zu ihm.«

»Warum nennt man ihn König Johann?« fragte Katánghy.

»Man stellt seinen Namen um, weil er zu Hause ein sehr mächtiger Mann ist.«

Am Bahnhofe wurde ihm Melchior vorgestellt.

Er umarmte ihn so kordial, daß ihm fast die Knochen im Leibe krachten.

»So? Er ist also der Matador. Na, das ist brav!«

Er musterte ihn vom Scheitel bis zur Sohle, schien mit ihm zufrieden und versetzte ihm, lustig lachend, eins in den Rücken.

»Na, mein Junge, ich sage dir, du bist ein glücklicher Mensch, kriegst ein schönes Weib; aber wenn du der Herr im Hause sein willst, so nimm dich ordentlich zusammen.«

Darauf setzten sie sich in die beiden bestellten Wagen, die beiden Geschwister in den einen, die Verlobten in den anderen.

Sie hatten dann noch gerade Zeit genug, um sich zur Trauung umzukleiden, die um halb ein Uhr stattfand. Das Brautpaar war in Reisekleidern, obschon sie nicht die Absicht hatten, fortzureisen; sie wollten durch ihre Kleidung zeigen, daß sie eigentlich »unterwegs« heirateten, daß keiner von beiden zu Hause ist; der alte Herr legte trotz alledem seine ungarische Galakleidung an – da er sie nun einmal mitgebracht hatte; der Kalpak mit der Reiherfeder und der Krummsäbel erregten kolossales Aufsehen in den Reihen des gaffenden ausländischen Pöbels. (Kurgäste waren damals in Prixdorf nur noch in geringer Anzahl anwesend.)

»Der Schah von Persien!« flüsterten sie. (Wahrhaftig, er ähnelte ihm einigermaßen.)

Nach dem im Familienkreise eingenommenen Diner, das nach der Trauung in einem separaten Saale des »Goldenen Apfels« stattfand, reisten sämtliche Verwandte ab, darunter auch Frau Blandi selbst, die ihre Tochter dem Gatten überließ. Das gewöhnliche Hochzeitsprogramm – nur umgekehrt. Sonst verläßt das junge Ehepaar die ganze Hochzeitsgesellschaft und reist nach Venedig oder weiß Gott wohin; hier aber trollt sich die ganze Hochzeitsgesellschaft von dannen – um nicht lästig zu sein.

Rührselige Szenen spielten sich ab; es gab viel Weinen und Jammern, auch verdächtiges Flüstern, wie es bei solchen Anlässen zu sein pflegt. Der eine junge Katánghy, der Advokat, rief seinen Bruder Melchior beiseite und trat mit ihm in die Nische des Extrazimmers.

»Gibt's Moneten?« fragte er mit vielsagendem Augenblinzeln, das Zählen von Geld mit den Fingern markierend.

»Ich glaube schon, daß Geld da sein wird,« erwiderte Herr Melchior mit strahlendem Gesichte.

»Wir könnten dringend Hilfe brauchen,« sagte der Advokat leise, seinem Bruder die Hand drückend. »Du warst stets ein guter Bruder, Melchior.«

Vielleicht wollte genau in derselben Minute Leutnant Christoph mit sanftem Nachdruck Frau Blandi in dieser Richtung ausholen. Die Mama schlug ihm zornig auf den Mund.

»Still ... Du Rabe!«

Später schien sie ihm zuzuflüstern: »Ich weiß gar nichts, aber seine Klientel scheint riesig zu sein!«

Nach und nach verschwanden sie. Frau Blandi fuhr mit dem Sechs-Uhr-Zuge in der Richtung nach Klagenfurt fort, zusammen mit dem Ulanenleutnant; als sie ihre Tochter vor dem Wagen zum letzten Male umarmte, wurde sie ohnmächtig, man mußte sie »laben«. Die Brüder Katánghy machten erst einen Ausflug nach dem Salzkammergut, von dort beabsichtigten sie dann am Dienstag nach Hause zu reisen.

König Johann blieb am längsten; sein Zug ging erst um 7 Uhr ab. Inzwischen hatten er und Melchior an der mit Blumensträußen geschmückten Hochzeitstafel dem Weine zugesprochen und über alles mögliche geplaudert. König Johann fand an seinem neuen Verwandten großes Gefallen.

»Kannst du reden?« fragte er plötzlich ganz unvermittelt.

»Wie denn nicht?« erwiderte Melchior und erzählte die Geschichte, die ihm mit Michael Varga auf der Universität passiert war. »Gerade dazu habe ich Talent, lieber Onkel!«

»Na, dann gebe ich dir einen Landsitz, auf dem du bis ans Ende deiner Tage ruhig leben kannst.«

Gegen 7 Uhr begleiteten sie ihn zum Bahnhof. Überhaupt behandelte Melchior ihn mit ausgesuchter Aufmerksamkeit. Auf dem

Bahnhofe zog der Alte einen Marien-Goldtaler aus der Tasche und druckte ihn Klara mit großer Wichtigtuerei in die Hand.

»Da hast du, mein Kätzchen! Du sollst nicht sagen, daß ich dir nichts gegeben hätte.«

König Johann war ein sehr origineller Mensch; seine schlauen, winzigen Augen lachten unausgesetzt, sein kurzer Hals aber bewegte sich immerfort hin und her, wie er auch mit der Hand fortwährend herumfuchtelte, als ob er jemandem Ohrfeigen geben wollte.

»Was aber dich anbetrifft,« sagte er zu Melchior gewendet, »so bleibt es dabei, du bekommst von mir eine Domäne.«

Melchior lächelte nur und verbeugte sich tief; er war ganz gerührt. Potztausend! Eine Domäne! Denkt er an eine echte und wirkliche Domäne?

Das zweite Läuten ertönte.

»Komm her, mein Kätzchen, laß mich dir noch einen Kuß aufschmatzen. So, so. Wie das schmeckt! (Dabei zwinkerte er Melchior schelmisch zu.) Hast du das schon verkostet, Freundchen? Wie, noch nicht? Ei, ei. Na, aber jetzt laßt mich diesen Dampfgaul besteigen, der mich nach Hause führt. Gott mit euch, Kinder! Was ich versprochen, werde ich halten. Hier meine Hand, ein Manneswort!«

Melchior drückte diese dankbar, ja er wollte sich sogar darüber neigen, um sie zu küssen; in diesem Augenblick versetzte ihm König Johann mit verwandtschaftlicher Bonhomie eine leichte Maulschelle: »Aber so geh doch, du Narr! Ich bin doch kein Bischof!«

Dann erkletterte er flink den Waggon und sprach durch das offene Fenster: »Wo werdet ihr im Winter wohnen?«

Die jungen Eheleute blickten einander verlegen an, als ob sie sich gegenseitig fragen wollten: ja wo werden wir denn eigentlich wohnen?

Mein Gott, alles war so schnell gegangen, daß sie wirklich daran noch gar nicht gedacht hatten.

»In Budapest,« entgegnete nach einer kleinen Pause Melchior, der seit einem halben Tage Ehemann war.

»Ich werde euch dort besuchen, und dann wollen wir ausführlicher über die Zukunft reden. Eines kann ich euch aber jetzt schon raten (er winkte die jungen Leute an sich heran, damit die Reisenden ihn nicht hörten), diese heutige Trauung setzet ja nicht in die Zeitung.«

»Warum nicht. Onkelchen?«

»Warum? Warum? Was verstehst du davon, mein Zuckerpüppchen. Mein Verstand blickt weit voraus. Es ist aber nicht nötig, etwas auszuplappern, was ohnehin vorbei ist. Wenn die Katze Rahm stehlen will, so steckt sie die Pfoten nicht erst in Nußschalen, um damit zu klappern. Folget eurem alten Onkel und damit Punktum.«

Der Dampfgaul pfiff und entführte König Johann zurück in sein Land – das junge Paar aber trat seine Honigstunden an. Bei Gott, ich kann sie nicht Honigwochen nennen.

Schon am nächsten Tage fiel ein winziges Krümchen Brot in den Honig. Und es gibt für den Honig nichts Ärgeres. Ein kleines Krümchen genügt, um ein ganzes Faß Honig sauer zu machen. Und dabei war doch nicht einmal ein ganzes Faß Honig vorhanden, sondern nur ein kleines Töpfchen.

Natürlich sprachen sie in ihrem traulichen tête-à-tête über die Ereignisse des gestrigen Tages als von ganz fern liegenden Dingen, deretwegen das neugebackene Weibchen durchaus nicht die Farbe wechseln und ihre schönen Augen verschämt niederschlagen mußte

»Nicht wahr, der alte Onkel Johann hat irgendeine Fabrik?« fragte Melchior.

»Aber nein. Er ist Bürgermeister von Szentandrás.«

»Ich weiß, aber außerdem.«

»Er besitzt keinerlei Fabrik.«

»Wenn ich mich genau erinnere, sagte die Mama so etwas Ähnliches.«

»Ah, was für ein Narr du bist!« lachte Klara laut und herzlich auf. »Die Mama pflegt damit zu scherzen, weil Onkel Johann in seiner Gegend die Abgeordneten fabriziert!«

Auf Melchiors Stirn trat eine kaum wahrnehmbare Falte. Ach so, also deshalb sagte Frau Blandi, seine Fabrikate seien zwanzigtausend Gulden wert ... Natürlich, natürlich!

Die Sache ärgerte ihn aber doch.

»Also ist der alte Herr so eine Art Hauptkortes?«

»Ja,« sagte das Frauchen einfach.

»Und die Domäne, die er mir versprach, ist also ein Wahlbezirk?«

»Natürlich. Ja, was dachtest du denn sonst?«

»Weiß der liebe Gott!« sagte Herr Melchior verstimmt. »Jedenfalls dachte ich an etwas anderes. Ich hielt ihn für einen reichen Mann. Ich weiß selbst nicht, wieso.«

»Und doch ist er arm. Es steht aber fest, daß er dir mit der Zeit sehr gut zu einem Bezirk verhelfen kann, wenn er will, denn er ist der schlauste Kortes im ganzen Lande.«

Melchiors Augen leuchteten bei dem Worte »Bezirk« auf. Sein Blut begann zu prickeln, dieses zu bösen Leidenschaften so leicht neigende Gentryblut. Es begann zu prickeln, wie das Blut des Wolfes, wenn er ein Lamm wittert. Dann aber senkte Melchior traurig den Kopf.

»Ich habe keinen derartigen Beruf,« seufzte er. »Ich bin weit entfernt von solchen Träumen.«

»Mit der Zeit! Wer weiß?«

»Hätte ich Geld für andere Zwecke« – (Melchior wollte seine Frau nach und nach auf seine Armut vorbereiten.)

Das Frauchen vertröstete ihn mit süßem Lächeln: »Ei, was nicht ist, wird Gott schon geben!«

»Wann?« fragte Melchior unruhig.

Klärchen zuckte die Achseln.

»Weiß ich das? Kümmert es mich? Ich bin ganz selbstlos deine Frau geworden.«

»Davon bin ich überzeugt,« sagte Melchior und legte seinen Arm um ihren Nacken.

Klara zog den Schlafrock fester über ihrem Busen zusammen und gab ihm einen Klaps auf die Hand.

»Weg die Hand, mein liebes Männchen, hörst du? Und dann, sprich nicht von dem abscheulichen Gelde.«

»Natürlich,« sagte der Ehemann lachend, »aber siehst du, mein Herzchen, das Geld ist der »*nervus rerum gerendarum*«: das Mittel zum Kriegführen.«

»Geh! Du willst doch nicht etwa gegen mich Krieg führen?!«

»Nein, nein, großes Kind. Aber auch zur Liebe braucht man es. Ja, liebes Frauchen, das Geld kann man nicht entbehren. Geld regiert die Welt! Wir bedürfen Seiner Majestät des Geldes unausgesetzt. Seine Majestät gebietet allem und jedem. Jetzt zum Beispiel wollen wir uns für den Winter irgendwo niederlassen, denn hier können wir über den Winter nicht bleiben; darum müssen wir Seine Majestät das Geld befragen: Sire! Wohin befehlen Sie uns zu gehen, und wie weit dürfen wir uns strecken?«

Klara schnitt ein so kindisches Gesicht wie ein kleines Mädchen, dem der Papa von einem ganz unbekannten Lande erzählt.

»Richtig, richtig,« nickte sie sehr ernsthaft mit dem Köpfchen.

»Na also, dann setze dich hierher auf meine Knie. So, na; und jetzt nimm die Allüren einer klugen Hausfrau an, dann werden wir Rat halten.«

»Eine kluge Hausfrau sitzt nicht auf den Knien ihres Mannes,« warf Klara schmollend ein.

»Sondern?«

»Der Ehemann setzt sich ihr zu Füßen«

»Gut denn, ich will so sitzen. Wo ist der kleine Schemel? Nun wollen wir beratschlagen.«

»Meinetwegen, fange an.«

»Nein, fang' du an.«

»Ich fange nicht an.«

»Also meinetwegen, so fange ich halt an,« sagte der Doktor. »Der Stärkere gibt nach – aber ich füge hinzu: nur wenn er will! Daraus darf, meine Gnädige, kein Präzedenzfall werden.«

»Was ist das, ein Präzedenzfall?«

»Das werde ich dir schon ein andermal erklären, vorerst lasse ich mich nicht von dem aufs Tapet gebrachten Gegenstand ablenken. Also, wo soll ich anfangen? Was wollte ich nur sagen?«

»Willst du nicht inzwischen um einen Kuß bitten?«

»Aber gewiß!«

Es folgten Küsse über Küsse. Vergebens hatte er versichert, daß er sich nicht vom Gegenstande ablenken lasse.

»Es ist schwer, auf diese Art zu beraten!« sprach er lachend. (Er war ein närrischer Mensch – ist es doch im Gegenteil nur angenehm, so zu beraten.)

Inzwischen meldete Michael Varga einen Kranken an, einen Schneider aus Pilsen, der sich verabschieden kam und sein bescheidenes Briefkuvert mit zwei Zehn-Gulden-Scheinen darin brachte. Inzwischen eilte das Frauchen ins andere Zimmer.

Mein letzter Patient, brummte Melchior vor sich hin, als der Schneider sich entfernt hatte. Jetzt könnten wir Prixdorf auch verlassen.

Dies spornte ihn noch mehr an, mit Klärchen ins reine zu kommen. Eine fieberische Ungeduld überkam ihn, der Boden brannte ihm unter den Sohlen, und eine unergründliche Bangigkeit preßte ihm das Herz zusammen – eine seltsame Erscheinung am Vormittag nach der Brautnacht, da er doch glücklich sein sollte.

Er rief ins Schlafzimmer hinein: »Klärchen, kannst du herauskommen?«

»Ich will mich erst ankleiden.«

»Tue das lieber nachher. Erst wollen wir noch ein wenig plaudern.«

»Ist dein Kranker fort?«

»Er kam, um sich zu verabschieden.«

»Hat er gezahlt?«

»Ja.«

»Viel?«

»Wenig!«

»Euch ist alles zu wenig, ihr häßlichen Doktoren! Und doch besteht eure ganze Weisheit darin: ›Strecken Sie die Zunge heraus, Fräulein!‹ Ist's nicht so?«

»Du bist ein Närrchen. Jetzt wollen wir in allem Ernste beratschlagen.«

»Was? Du willst dich mit einem Närrchen beraten?«

»Klärchen, ich werde böse, wenn du nicht ernst sein kannst.«

»Also, ich passe auf!«

»Nun, so sage mir: Wie groß soll die Wohnung sein, die wir in Pest mieten? Wieviel Zimmer meinst du, und wie sollen wir sie einrichten?«

»O, mein lieber Gott, ich begnüge mich auch mit einer Hütte, in der nur ein Tisch und zwei Stühle sind. Was gibt es da zu lachen?«

»Ich lache darüber, weil jede Frau am Tage nach der Trauung so spricht.«

»O bitte, ich habe wahrhaftig gar keine Ansprüche; bin ich doch unter so bescheidenen Verhältnissen aufgewachsen.« (Auch Klärchen war bestrebt, ihren Mann allmählich auf die wirklichen Tatsachen vorzubereiten.)

Melchior war von dieser Bemerkung sichtlich betroffen.

»Jawohl, einfache Verhältnisse! Was verstehst du unter bescheiden?« fragte er mit spöttischem Lächeln. »Koch und Portier?«

Klärchen blickte ihn staunend an.

»Portier und Koch? Was glaubst du denn?«

»Also hält die Mama zu Hause keinen Koch?«

»Bewahre! Woher würde die Arme die Mittel dazu nehmen? Wer hat dir denn das gesagt?«

Melchior fühlte das Blut in seinen Adern erstarren.

»Die Baronin, die Mama,« stammelte er. »Erinnerst du dich denn nicht?«

»Die Mama hätte so etwas gesagt?«

»Ja, bei einer Gelegenheit, als sie das Essen tadelte, sagte sie wörtlich: ›Wenn ich im nächsten Jahre noch lebe, so bringe ich einen Koch mit!‹«

Klärchen brach in ein schallendes Gelächter aus, daß ihr die Tränen aus den Augen stürzten.

»O meine närrische Mama! Natürlich möchte sie gern einen Koch mitbringen. Wer täte das nicht gern? Wie kann man auch einen frommen Wunsch so mißdeuten? O meine närrische Mama! Hahaha!«

Melchior fand die Sache jedoch durchaus nicht so belustigend.

»Klara, ich will die volle Wahrheit wissen!« rief er erregt.

»In welcher Hinsicht, mein liebes Männchen?« entgegnete Klara noch immer in scherzendem Tone.

»Wie hoch beläuft sich deine Mitgift? Schließlich muß ich das ja doch wissen!«

»Meine Mitgift?« sagte sie gleichgültig, in gedehntem Tone. »Ich habe überhaupt keine Mitgift.«

Katánghy erbleichte.

»Deine Mutter ist doch eine reiche Frau,« stotterte er verwirrt. »Oder nicht?«

»Meine Mutter lebt von der Pension, die sie seit dem Tode ihres Mannes erhält. Und die ist sehr gering.«

»Unmöglich! ... Unmöglich! ...«

Mit verstörtem Gesicht ging et ratlos im Zimmer auf und nieder, seine Nasenflügel bebten, seine Augen waren blutunterlaufen, man sah ihm an, daß er sich zu beherrschen trachtete; der wohlerzogene Mensch kämpfte mit dem Tier in ihm.

Plötzlich blieb er vor seiner Frau stehen und zog sie in heiserem Tone zur Rechenschaft: »Warum gabt ihr mir damals 100 Napoleondor?«

Klärchen ward rot wie ein Krebs, dann trat sie auf ihn zu und legte mild und besänftigend ihre Hand auf seinen Arm.

»Das war mein ganzes väterliches Erbe. Ich gab es dir, weil ... weil ...«

»Weil du mich prellen wolltest!«

»Weil ich dich liebte ...«

Melchior stieß sie von sich und stürzte hinaus. Im Türrahmen drehte er sich um und rief, am ganzen Körper bebend: »Ich bin Schwindlern in die Hände gefallen! ...«

So verging der erste Vormittag. Ich jage sie davon, noch heute jage ich sie fort! wiederholte er draußen immer wieder, vor Rachesucht keuchend. Als die frische Luft seinen heißen Kopf ein wenig abgekühlt hatte, begann er ruhiger zu überlegen, daß aus dem Verjagen ein großer Skandal entstehen müßte, und die ganze Welt ihn verlachen würde, weil man ihn mit ein paar Napoleondor so leicht an der Nase herumgeführt hatte. Ein langer Spaziergang in der Richtung nach dem Wäldchen, auf dem ihm alle entgegenkommenden Bekannten zu seinem großen Glücke gratulierten (man kann sich denken, welcher Anstrengung es seinerseits bedurfte, um ein freundliches Lächeln zu markieren), brachte ihm die richtige Einsicht, es sei das beste, die bittere Pille, die ihm das böse Geschick gedreht hatte, resigniert zu schlucken. Ein kluger Dieb geht nicht zur Polizei, wenn man ihn bestohlen hat, während er sich in den Taschen anderer Leute zu schaffen machte. Leider ist der Diebstahl und das Herumsuchen in fremden Taschen nur akademisch zu verstehen. Denn was hatte ihm Klärchen eigentlich gestohlen? Leider gar nichts. (Die Ärmste ist doch selbst sehr schlecht angekommen.) Und er, in wessen Tasche hat er denn gesucht? Sprechen wir lieber nicht davon.

In einem seiner medizinischen Bücher befand sich ein Bild, auf dem der Kranke und die Krankheit als zwei verschiedene Personen nebeneinander in einem Bett lagen. Der Arzt schlägt mit einer großen Keule auf die Krankheit los, aber seine Hiebe treffen auch den Kranken. Eine ziemlich treffende Charakteristik der heutigen Heilmethode.

Wenn das aber auch auf diesem Gebiete angeht, ist es doch in anderen Situationen nicht zweckmäßig, jemanden zu schlagen, wenn wir dadurch selbst in Mitleidenschaft gezogen werden. Er durfte daher Klara nicht an den Pranger stellen; was geschehen, war des Allmächtigen Fügung, war Sein heiliger Wille (natürlich war Gott durch die hundert Napoleondor geblendet worden), man mußte sich also darein ergeben.

Kurz, das Resultat des Spazierganges war, daß Melchior sich schön ruhig nach Hause trollte, als sein Magen knurrte; die Stimmung leichtsinniger Menschen wechselt eben gar schnell.

Als er sein Frauchen weinend antraf, war er es, der einen friedlichen Ton anschlug: »Na, so weine doch nicht! Kleide dich lieber an und laß uns speisen gehen!«

Aber Klärchen weinte immerfort, als wollte ihr das Herz brechen.

»Na, so sei doch nicht so empfindlich, Närrchen. Nimm dir das doch nicht gar so sehr zu Herzen!«

»Du hast mich beleidigt,« schluchzte sie bitterlich. »Du hast mir gezeigt, daß du mich nicht liebst ...«

»Was, ich liebe dich nicht? Was sind denn das für Reden?«

»... Daß du mich nur des Geldes wegen geheiratet hast! O mein Gott! Mein Gott!«

Melchior setzte sich neben sie und streichelte ihren Kopf, wie man es mit gekränkten Kindern zu tun pflegt. »Verzeihe mir, Klara. Ich war sehr verbittert. Die Verzweiflung machte mich hart und rauh, ich gestehe es ein. Die öde Zukunft, das Elend fiel mir ein, das unser harrt. Ich hatte von einem bequemen Leben an deiner Seite geträumt, und stehe da, plötzlich stehen Armut und der Kampf um das Dasein vor uns!«

»Warum sollten wir nicht trotzdem glücklich sein?« sagte Klara sanft, mit tränenfeuchten Augen zu ihrem Manne aufblickend. »Brauchen zwei Menschen doch so wenig zum Leben!«

»Aber wenn selbst dieses Wenige nicht vorhanden ist?«

»Wieso? Deine große Klientel, deine riesige Praxis?«

»Ich habe keine Klientel.«

»Aber deine vielen Kranken?«

»Alles in allem waren ihrer im ganzen Sommer nur fünf. Mein Einkommen betrug außer deinem Honorar bare 70 Gulden; mein gesamtes irdisches Hab und Gut beträgt 400 Gulden.«

Jetzt war die Reihe zu erbleichen an Klara; sie löste sich ans seiner Umarmung und sprang auf wie ein gereizter Tiger; in ihren Augen standen keine Tränen mehr, zischende Blitze funkelten dort.

»Mein Herr, Sie sind ja ein Hochstapler!«

Melchior kreuzte mit zynischem Phlegma seine Arme über der Brust.

»Wir haben uns gefunden, liebe Frau. Geschieht uns beiden recht! Jetzt aber gehen wir zunächst speisen.«

Einige verschleierte Teile.

Die ersten Herbstzeitlosen erblühten auf den Prixdorfer Wiesen. Das bedeutet den Schluß der Saison. Das Bad verliert seine Wunderkraft, auch der letzte Kranke reist nach Hause.

Hotels und Läden werden geschlossen, die Brunnenmädchen treten bis zum Frühjahr in den nahen Städten als Mägde in Dienst, die Bäume werfen ihre Blätter ab – alles fällt der Vergänglichkeit anheim.

Wenn irgendein Verspäteter eigensinnig noch bleiben wollte, so trifft sein Doktor mit ihm einen Vergleich: »Stören wir einander nicht, – zahlen Sie mir nur die Hälfte meines Honorars und lassen Sie mich gehen, ich will Sie gesund werden lassen.«

Katánghy hatte es nicht nötig, sich zu vergleichen; er konnte ruhig sein Winterquartier beziehen. Aber wohin sollte er mit seiner Frau gehen?

Zuerst dachten sie an Budapest; aber ihre geringen Mittel erlaubten ihnen das nicht. Sie wählten daher ein kleines Städtchen im Komitat Vas, wo vielleicht Aussicht auf einen kleinen Verdienst war, besonders wenn das Lokalblatt die fettgedruckte Notiz bringen würde: »Dr. Melchior v. Katánghy, der berühmte Prixdorfer Kurarzt, hat sich in unserer Stadt niedergelassen; er wohnt in der Kirchengasse, gerade gegenüber dem der Witwe Franz Sirjai gehörenden Gasthause ›Zur kleinen Ackerlerche‹.«

Und in der Tat fand sich gleich im Anfang ein Patient, und obendrein ein sehr vornehmer Herr, der Fürst Karl Johann Maria Montvich, Husarenleutnant im dortigen Regiment.

Was dem wohlbeleibten Leutnant mit den vollen rosigen Wangen eigentlich fehlen mochte, wußte wohl der Himmel (gibt es doch allerlei Krankheiten). Das eine aber ist gewiß, daß er oft auch zweimal am Tage zum Doktor hinüberging, um mit dem Doktor oder der Frau Doktor stundenlang zu plaudern.

Daß Katánghy ein guter Arzt sein mußte, geht deutlich daraus hervor, daß der Fürst im nächsten Sommer Urlaub nahm und ihn in

Prixdorf verbrachte, um auch weiterhin in Katánghys Behandlung bleiben zu können.

Daß aber Fürst Montvich auch ein guter Patient war, läßt sich daraus folgern, daß, als der Fürst im darauffolgenden Herbste nach Nagyvárad versetzt wurde, auch Dr. v. Katánghy sich für den Winter in Nagyvárad niederließ.

Und als im dritten Winter das Regiment nach Budapest übersiedelte, gelangte Katánghy schließlich auch in die Hauptstadt. Fürst Karl Johann Maria besuchte auch hier täglich den Arzt. Seine Krankheit mußte recht hartnäckig sein.

In Szombathely und Nagyvárad klatschten die Kaffeeschwestern gehörig über die Sache, wenn sie gerade auf das Tapet kam.

»Schöne Doktorin ... ein prinzlicher Leutnant ... armer Ehemann ... es war nicht schwer, die Diagnose zu stellen.«

Für einen »Gentleman« war aber der Tratsch der bösen Welt noch niemals maßgebend. Nach der Versicherung Michael Vargas – der in diesem Punkte doch durchaus gut unterrichtet sein mußte –, lebten Herr und Frau v. Katánghy im besten Einvernehmen, wie zwei Turteltauben.

Außerdem war Katánghy jetzt nicht mehr so arm; seine Praxis hatte sich schon etwas ausgebreitet, so daß er leben konnte, eine hübsche Wohnung hielt, seine Frau elegant kleidete. Und dann ist auch schließlich nicht jeder Leutnant ein Frauenjäger, es gibt ja auch ehrliche, solide Leutnants. Überdies ist auch nicht jede Frau ... das heißt, dies wage ich nicht mehr zu behaupten.

Eines aber wage ich dennoch zu behaupten, daß nämlich, wenn schon »irgend etwas faul im Staate« war, Melchior nichts davon wußte. Jedes Ding hat seine Grenzen, auch die Enthüllung. Wir sind zwar auf Melchior böse, weil er ein Taugenichts und ein Streber ist, aber weiter geht es nicht. Sonst ist Melchior aber ein Gentleman. Er war dem Fürsten zugetan, vielleicht weil ihm des Fürsten Freundschaft imponierte und weil sie seine Position hob und festigte, ihm eventuell vornehme Klienten brachte; etwas anderes darf man aber nicht einmal voraussetzen.

Wenn dann im Winter, besonders in späteren Jahren König Johann in die Hauptstadt kam, so besuchte er meistens Katánghys und pflegte dann Melchior zu vertrösten, indem er sprach: »Wenn Gott mir das Leben schenkt, suche ich dir für die nächste Wahl einen Bezirk aus. Verlaß dich darauf.«

Gelegentlich eines Faschings erschien er plötzlich und sagte mit fröhlicher Miene: »Der Bezirk ist in Sicht, mein Junge, er hat sich sogar schon gefunden, ich habe ihn schon ausspekuliert.«

Katánghy schüttelte ungläubig den Kopf. Kann man denn überhaupt einen Bezirk »ausspekulieren«?

»Wie heißt er?« fragte er mehr aus Höflichkeit als aus Neugierde.

»Borontó.«

»Wo liegt das?«

»In dem Komitat, in welchem die Stadt Szentandrás liegt.«

»Dazu wäre Geld nötig, lieber Onkel.«

»Aber nein, nicht ein Pfifferling ist nötig.«

»So großen Einfluß haben Sie dort?«

»Nicht den geringsten.«

»Ja, wieso soll ich denn aber dort gewählt werden?«

Herr Johann schnalzte überlegen mit den Fingern.

»Durch Praktiken.«

»Es gibt keine Wunder mehr, Onkel Johann.«

»O ja, es gibt welche,« sagte dieser im Tone vollster Überzeugung.

Dabei blieb es damals; als jedoch die Wahlen näher rückten, kam König Johann im Winter mehrmals nach Pest und animierte Katánghy immerfort, bezüglich des Bezirkes Borontó in Aktion zu treten.

Melchior nahm es nicht ernst; er glaubte, es sei ja ohnehin vergeblich und schade um jeden Schritt, denn was unmöglich ist, ist unmöglich; aber die Frau wollte es, und was die Frau wollte, das mußte geschehen.

»Du wirst sehen, Klara, ich mache mich nur lächerlich.«

»Es gilt einen Versuch! Kein Wort mehr, du mußt auftreten! Ich will Abgeordnetengattin sein.«

Melchior weigerte sich noch eine Zeitlang mit allerlei Ausflüchten. Es ist leicht zu sagen, ich soll auftreten, aber wie soll ich auftreten? Mit welchem Fuß? Was soll ich tun? Wo soll ich anfangen? dachte er.

Alle seine Ausflüchte halfen ihm aber nichts. König Johann enthüllte bei Gelegenheit eines Familiensoupers den ganzen Plan.

»Du läßt dich einfach in den liberalen Klub aufnehmen, dann erbittest du dir vom Exekutivkomitee den Bezirk Borontó, beziehungsweise zeigst du dem Ministerpräsidenten an, daß du dort zu sprechen wünschest.«

»Und wenn man mir den Bezirk nicht gibt?«

»Den Bezirk? Aber warum denn nicht? Sie werden sich sogar darüber freuen. Der Parteipräsident wird dir um den Hals fallen und sagen: ›Lieber Freund, gehen Sie nur, gehen Sie nur!‹ Denn das ist ein schwieriger Bezirk, in dem auch jetzt ein Oppositioneller sitzt. Die schwierigen Bezirke aber verteilt man in der Partei mit solchem Gleichmut, als ob man einen Stern vom Firmament verlangen würde. Sie sagen: ›Nimm ihn! Er sei dein, und mein Segen obendrein!‹ Man wird dich abschrecken wollen, dir sogar ins Gesicht lachen; du aber kümmere dich gar nicht um sie, sondern sage nur immer wieder: ›Ich wünsche eben diesen Bezirk, ich bin ja keine Katze, daß ich mich fürchten soll, ich werde dort auftreten.‹«

»Wer ist der Obergespan?«

»Baron Peter Belendy, ein wackerer Mann.«

»Ich kenne ihn, er war mein Schulkamerad in Kassa.« »Um so besser,« erwiderte König Johann.

»Um so schlechter,« entgegnete Katánghy, »weil er mich auch kennt.«

»Das ist einerlei. Was ich sagte, dabei bleibt's, so mußt du's machen.«

»Ja, wenn ich nur den geringsten Funken von Wahrscheinlichkeit sähe!« seufzte Katánghy auf, dann gab er jedoch nach. (Hätte er auch sonst wohl von seiner Frau Ruhe gehabt?) Er trat in den liberalen Klub ein und erklärte eines schönen Tages den maßgebenden Persönlichkeiten, daß er bei der nächsten Wahl in Borontó auftreten wolle.

Als König Johann Ende Februar wiederkam, war der hierhergehörige Teil der Sache schon in schönster Ordnung. Die Koryphäen des liberalen Klubs hatten achselzuckend gesagt: »Gut, der Bezirk mag Ihnen gehören; dann sehen Sie aber auch zu, daß Sie dort gut Wurzel fassen.«

König Johann war mit dem Resultat zufrieden.

»Hast du den Brief an den Obergespan?«

»Den habe ich hier in der Tasche.«

»Sehr recht. Also jetzt sehen wir nach dem schwierigeren Teil der Sache. Paß gut auf, Freund Melchior. Und du, Klara, schwätze nicht immer dazwischen.«

»Ich bin ganz Ohr, Onkel Johann.«

»Am 12. März ist Gregor-Tag, notiere dir das Datum wohl. An diesem Tage ist in Borontó große Namenstagsfeier beim ehrenwerten Herrn Gregor Fekete, dem Nabob des Komitats. Jeder nur halbwegs in Betracht kommende Mensch des Wahlbezirkes wird dabei sein; hast du mich recht verstanden?«

»Natürlich, wie denn nicht?«

»Du kommst schon am 11. in Szentandras an, steigst aber nicht bei mir ab, sondern im Gasthaus.«

»Jawohl.«

»Dann machst du dem Obergespan deine Aufwartung und übergibst ihm den Brief. Er wird dich auslachen, daß du in Boronto auftreten willst; du beharrst aber hartnäckig auf deinem Entschluß und bittest ihn nur, er möge dich am folgenden Tage zur Namenstagsfeier nach Borontó mitnehmen. Gut. Der Obergespan nimmt dich dann mit. Du wirst dort sein, wirst essen und trinken, von deinen Absichten aber weder durch Worte noch durch dein Betragen etwas verraten. Wenn geschwatzt werden muß, na so bin halt ich dazu da; verlaß dich nur ruhig auf mich.«

»Sie werden dort sein?«

»Natürlich, du darfst mich jedoch nicht kennen! Und sollte man meiner vor dir erwähnen, so sprich geringschätzig von mir.«

»O, das werde ich um keinen Preis der Welt tun!«

König Johann fuhr jähzornig in die Höhe; seine schlauen Augen funkelten und sprühten in drei Farben.

»Tue nur,« sagte er mit Überlegenheit, »was ich bestimme, denn es muß so geschehen. Der Plan ist gut; man muß aber jede Nuance desselben einhalten, dann kannst du ganz beruhigt sein; denn merke dir wohl, wenn die Katze einmal ihren Kopf in den Topf gesteckt hat, so nascht sie auch den Rahm auf.«

Es kam alles genau so, wie sie es geplant hatten. Am 10. Februar schickte Frau Katánghy ihre echte Perlenschnur ins große Leihhaus und drückte die dafür erhaltenen anderthalbhundert Gulden Melchior für Reisekosten in die Hand. In dem gegenüberliegenden Schneiderladen des Jakob Singer borgten sie einen Reisepelz für einen Gulden Leihgebühr täglich, worauf dann Melchior seine Frau und seine Kleinen (er hatte schon drei Kinder) abküßte und sich mit dem Nachmittagsschnellzuge in das Land der Székler begab. Am 11. Februar traf er programmgemäß in Széntandrás ein, stieg im Gasthofe »Zum Vogel Turul« ab, kleidete sich um und suchte den Obergespan im Komitatshause auf.

Alle Wetter! Ist aber dieser König Johann ein gescheiter Mensch! Alles hatte er genau vorhergesagt. Er kannte den Obergespan bis ins Innerste.

Seine Hochgeboren freute sich ungemein, als er seinen alten Schulkameraden Melchior v. Katánghy erkannte; als er jedoch den Brief des Exekutivkomitees las, in welchem klar und deutlich geschrieben war: »Im Bezirke Borontó wird unser geehrter Gesinnungsgenosse auftreten«, schrie er ihn verwundert an: »Bist du von Sinnen?«

»Nein, keineswegs!«

»Oder hast du irgendwo eine Goldmine entdeckt?«

»Das noch weniger.«

»Ja, aber was willst du dann eigentlich?«

»Einen Versuch machen. Und vorläufig bitte ich dich nur um eines, hochgeborener Herr, habe die Güte, mich morgen zum Gregortage nach Borontó mitzunehmen, wo ich ein bißchen Fühlung zu den Wählern nehmen will.«

Der hochgeborene Baron zuckte die Achseln.

»Ja mitnehmen will ich dich recht gern, aber was das übrige anbetrifft, so hast du dich da in eine gar schwierige Sache eingelassen. Der Székler, mein Freund, wählt nicht gern einen Fremden, wenn er nicht mindestens eine Berühmtheit des Landes ist. Das heißt, gern tut er's auch dann noch nicht. Und besonders der Bezirk Borontó! Das ist der allerschwierigste. Der jetzige Abgeordnete ist allerdings unpopulär geworden (hier würden sie in drei Jahren sogar Ludwig Kossuths überdrüssig werden), aber an seiner Stelle sind schon zehn andere da, die alle möglichen Parteien vertreten. Nach ein paar Wochen werden sie urplötzlich hervorspringen, wie die Frösche aus dem Sumpf. Was unsere Partei anbelangt, so vernimm, daß der alte Graf Albert Tenky auftreten will ... Der ist aber ein Dynast, dem gegenüber man nicht mucksen darf. Wo denkst du hin, lieber Freund? Und vollends du mit deinem Sároser Dialekt.«

»Einerlei, wenn ich einmal hier bin, will ich mich wenigstens von den hiesigen Verhältnissen überzeugen.«

»Sehr richtig. Ich habe gar nichts dagegen, daß du mit mir kommst; ich habe nur meine Meinung geäußert; ein Prophet bin ich nicht. Versuchen wir's halt. Schließlich können ja auch einmal Zeichen und Wunder geschehen, obschon ich noch keine gesehen habe. Wirst du beim Nabob Bekannte treffen?«

»Johann Király.«

»Den Bürgermeister? Na, dieser Bekanntschaft brauchst du dich nicht eben zu rühmen!«

Der Székler Nabob.

Am folgenden Tage nachmittags ließ der Obergespan den Wagen vorfahren, und sie machten sich auf den Weg nach Borontó durch einen den Pferden bis zum Bauche reichenden Schnee.

Sie mußten durch drei oder vier Dörfer fahren. Die Häuser der Székler sind ärmlich, aber sauber. Das kleine nägelbeschlagene Tor mit den den Gast willkommen heißenden Aufschriften ist an jedem Hause zu sehen; es ist mit Tulpen bemalt. Die Häuser sind mit Stroh gedeckt, ohne Rauchfang; der gastlich einladende Rauch quillt durch das Dach hervor, wo es ihm eben beliebt.

Es herrschte eine harte, schneidende Kälte, auch blies der rauhe Nordwind ganz gehörig; von unseren Reisenden sah man nur die roten Nasenspitzen aus den Pelzen hervorgucken und ein ganz wenig von den bereiften Schnurrbärten. Es war eine langweilige, unangenehme Fahrt; man konnte nicht einmal recht plaudern, sondern mußte sich auf das Allernötigste beschränken.

»Ich fürchte, Graf Tenky wird auch dort sein,« bemerkte der Obergespan unterwegs.

Katánghy hätte sich vor so vielerlei fürchten müssen, daß er sich vor gar nichts mehr fürchtete.

»Ist's noch weit bis Borontó?« fragte er.

»Jenseits des Hügels!«

Wieder versanken sie in Schweigen; nur als sie den Hügel hinter sich hatten, begann der Obergespan wiederum: »Ja richtig, ich bitte schön, was bist du denn eigentlich – damit ich dich vorstellen kann.«

»Ich bin Arzt.«

»Hm, das ist auch sehr schlimm.«

»Warum?«

»Einen Arzt wählt der Székler nicht zum Abgeordneten. Sie achten den Doktor gering.«

»Also stelle mich nicht als Doktor vor.«

»Als was soll ich dich denn dann vorstellen?«

»Ich schrieb einst ein paar Feuilletons für die ›Oberungarische Revue‹. Ich werde mich für einen Schriftsteller ausgeben. Dafür wird mich keiner zur Rechenschaft ziehen. Lieben die Leute die Schriftsteller?«

Der Baron zuckte die Achseln.

»Na, so, so!«

Sie zogen die Pelze wieder über die Ohren und verharrten in tiefstem Schweigen, bis der Wagen stillhielt.

»Hier sind wir beim Nabob!«

Melchior hatte sich ein mit Türmen und Wällen befestigtes Burgkastell gedacht und war sehr erstaunt darüber, daß die vier dampfenden Rosse in einem kleinen Herrenhofe hielten. Im Komitat Sáros wohnen die armen Edelleute von Habenichts in solchen Herrenhöfen. Der Hof war voller Chaisen und Kutschen, Leiterwagen und Möbel. Kasten, Betten, Schränke, Lederdiwans standen draußen im Schnee in kunterbuntem Durcheinander.

»Hier findet irgendein Umzug statt!« bemerkte der Doktor.

»I wo denn! Man hat nur alle Möbel ausgeräumt, damit die Gäste Platz haben.«

»So viele sind hier?«

»Du wirst schon sehen! Der Nabob der Székler ist nicht so wie die übrigen Krösusse der Welt; ihn hat ein jeder lieb. Aber schau, da ist er!«

In der Tat stand draußen barhäuptig ein großer, struppiger Mann, mit einem so sanften Gesicht wie ein unschuldiges Kind; die schlichte Gestalt machte den Eindruck eines guten alten Kerls. Das also ist der Nabob, dieser angegraute Herr?! dachte Katánghy.

Er schüttelte dem Obergespan die Hand und lächelte dabei dem Fremden zu, als ob dieses herzliche Lächeln die Frage ausdrücken solle, wer er sei.

»Mein Freund Melchior von Katánghy aus Budapest,« stellte der Obergespan kurz vor.

»Willkommen,« sagte er einfach, schob vertraulich seinen Arm unter jenen des Gastes und führte Melchior, den Obergespan vorausgehen lassend, selber in das in den Hausflur mündende erste Zimmer, das mit lauter mit Wolfspelz gefütterten grauen Mänteln angefüllt war. Der Pelzhaufen reichte bis an die Sparren der Zimmerdecke. Man mußte die Pelze der beiden Herren auf den Haufen hinaufschleudern, wie man die Weizengarben in die Scheuer zu werfen pflegt.

Aus dem »Pelzzimmer«, in welchem wegen der aufgestapelten Pelze nur ein Durchgang zur nächsten Türe freiblieb, traten sie in ein anderes großes Zimmer, das voller Gäste war; die Leute standen dicht gedrängt, Schulter an Schulter, man hätte keinen Apfel zur Erde fallen lassen können. Es war die denkbar bunteste Gesellschaft. Hier eine elegante Gestalt in Lackschuhen und Smoking, neben ihm ein anderer in altmodischem, schäbigem pelzbesetztem Rock. Da gab's Grafen, Dorflehrer, Gemeindenotare, einen Tischler, Vizegespane, Domherren und jüdische Pächter. Alle diese ehrlichen Székler, Primipilen, Pixidarier waren schön gemütlich beisammen, freuten sich miteinander, debattierten und disputierten und hielten es durchaus nicht für notwendig, einander zu verachten.

Der Nabob selber, obschon von Natur langsam und schwerfällig, zwang sich für diesen einen Tag zu einer gewissen Behendigkeit, er ging im Gedränge hin und her wie ein Gastwirt. Sein Adlerauge bemerkte sofort, wenn jemand eine Zigarre oder Zündhölzer oder sonst irgend etwas benötigte.

»Bitte, nehmt es mir ja nicht übel,« fügte er zu den hier und dort stehenden plaudernden Gruppen, »daß ihr euch nicht setzen könnt. Wenn ich die Stühle hereinholen würde, so hättet ihr keinen Platz. Ich will euch aber lieber hier haben als die Stühle.«

Es war kein anderes Möbelstück im Zimmer zu sehen als der Ofen. (Allerdings ist der Ofen eigentlich schon mehr als ein Möbelstück, er ist schon fast ein Familienglied.) Vom Ofensims verbreitete sich feiner Quittenduft, der sich harmonisch mit dem erstickenden Qualm des Tabakrauches vereinte.

Sich unter die Menge mischend, stellte teils der Hausherr, teils der Obergespan unseren Helden bald da, bald dort vor. Als sie immer tiefer in das Zimmer eindrangen, tauchte plötzlich auch der ehrenwerte Herr Johann Király vor Melchior auf. Er stand mit verschränkten Armen in einem Winkel.

Melchior machte sofort Miene, auf ihn zuzueilen; schon schwebte ihm der verwandtschaftliche Ausruf auf den Lippen: »Holla, guten Tag, Onkel Johann!«, als ein tadelnder düsterer Blick, ein mürrisches Augenzwinkern den selbstvergessenen Mandatjäger wieder zur Vernunft brachte. König Johanns Stirn legte sich plötzlich in Falten, sein stechendes Auge drückte eine unendliche Kälte aus, als ob er ihm zurufen wollte: »Nähere dich mir nicht!«

Zum Glück packte ihn im kritischen Augenblick plötzlich der Obergespan am Arme: »Komm, sehen wir uns auch das dritte Zimmer an!«

Im dritten und zugleich letzten Zimmer wurde an fünf, sechs Tischen Färbel gespielt. In dichten Haufen zusammengepreßt, saßen Spieler und Kiebitze; auch hier konnte man sich kaum rühren. Der Obergespan drängte sich dennoch bis in den inneren Teil des Zimmers durch, sagte den Spielern am letzten Tische etwas und drängte sich dann wieder bis zu Katánghy zurück.

»Hast du Lust, Färbel zu spielen?«

»Nicht sonderlich.«

»Ja, aber was wirst du dann die ganze Nacht hindurch hier anfangen?«

»Nun, wir werden nachtmahlen, und dann lege ich mich schlafen.«

»Du legst dich schlafen? Wo?« Er warf Katánghy verwunderte Blicke zu. »Du hast doch gesehen, daß die Betten draußen im Hofe stehen.«

»Legen sich die anderen auch nicht schlafen?« fragte er, einige Greise mit prüfenden Blicken musternd.

»Während meiner ganzen Obergespanschaft ist es noch nie vorgekommen, daß man sich an einem Namenstage schlafen gelegt hätte.«

»Alle Wetter! Gibt's denn im Haus gar kein Zimmer mehr? Keine Schlafkammer?«

»Im Winter nicht. Wenn jetzt Sommer wäre, könntest du auf dem Heuboden schlafen.«

»Nun, bei eurem Nabob gibt es keinen allzu großen Komfort. Ich verstehe immer weniger, worin sein Nabobtum eigentlich besteht.«

Der Obergespan schnitt ein verdrossenes Gesicht.

»Der Széler Mann verschmäht es, mit seinem Besitztum zu prunken, er wohnt und lebt einfach, auch wenn er sehr reich ist.«

»Also ist er wirklich reich? Und worin besteht sein Reichtum?«

»In seinen Feldern; alles prima Felder.«

»Hat er viel Feld?«

Seine Hochgeboren dachte eine Weile nach, als ob er seinen Geist anstrengen müßte, um die Wiesen, Wälder und Ackerfelder zusammenzuzählen.

»Er hat wohl an die zweihundert Joch.«

»Nicht mehr?«

»Pst! Sprich nicht so laut und merke dir, daß es immer die Verhältnisse sind, die die Größe des Reichtums bestimmen. Wenn auf der ganzen Welt nur ein Lebensmittelvorrat von drei kleinen Weißbroten vorhanden wäre, und du besäßest eines von den dreien, so wärest du reicher als Rothschild.«

»Ja, das mag schon stimmen.«

»Also dann gib dich zufrieden und komm' Färbel spielen. Es ist erst sechs Uhr, und das Nachtmahl wird vielleicht gegen Mitternacht stattfinden. Man muß doch die Zeit irgendwie totschlagen. Ich habe uns auch schon zwei Plätze am allerletzten Tisch erzwungen.«

»Wer sind dort die Spieler?«

Der Obergespan zählte die Spieler der Reihe nach auf, alle trugen althistorische Namen. Es waren drei Grafen darunter. Katánghy fuhr zusammen, als er hörte, daß auch Albert Tenky sich unter ihnen befand. Das also ist sein Nebenbuhler! Ein schlanker Aristokrat von hochmütiger Haltung. Der vierte Partner war nur ein Edelmann, jedoch von fürstlicher Abstammung.

Katánghy wich erschrocken zurück. Wie sollte er es wagen, sich mit diesen Magnaten zum Spiele niederzusetzen! Alles in allem hatte er ein paar Zehnguldennoten in der Tasche.

»Nein, nein,« stotterte er beschämt.

»Es muß sein. Wie willst du denn anders mit den Menschen Bekanntschaft machen? In der Bibel steht geschrieben, man soll: ›Mit den Weinenden weinen, mit den Lachenden lachen, mit den Färbelspielern Färbel spielen.‹ So komm' doch!«

Er packte ihn beim Kragen und schleppte ihn hin. Melchior stand vor Aufregung der Angstschweiß in hellen Perlen auf der Stirn. Er dachte daran, was aus ihm wohl werden würde, wenn er sein ganzes Geld verlöre und nicht mehr imstande wäre, zu zahlen. Er müßte vor Schande versinken! Wenn er nur wenigstens einen Revolver mitgebracht hätte! Er wollte dem alten Bekannten seinen finanziellen Status offen eingestehen, als er jedoch endlich zu Worte kam, nahm er zu seiner Verblüffung wahr, daß er an dem Tische zwischen zwei Magnaten saß, und daß auch die Karten schon ausgeteilt waren.

»Gibst du das ›Bisi‹?«

Er besah seine Karten; es waren zwei rote, ein Unter und ein Ober.

»Ich gebe es,« sagte er in weinerlichem Ton. »Wieviel?«

»Ein Zehnerl, mehr darfs nicht sein.«

Unser Held atmete auf – aber noch immer schaute er ängstlich auf die anderen, was sie wohl in die »Schnur« legen. Denn wer kann wissen, wie viel in Siebenbürgen ein »Zehnerl« ist? Nennt man den Krug doch hier »Humpen«, den Adeligen »Hochgeboren«, den Magnaten »Wohlgeboren«; der Teufel kennt sich hier ans. Und wenn unter dem »Zehnerl« eine Zehngulden-Banknote verstanden wird?

Seine Furcht war jedoch grundlos, denn in der »Schnur« funkelten lauter Lónyai-Sechser in altbekanntem liebgewordenem Glanze. Melchior empfand jetzt eine gewisse Dankbarkeit für jene wackeren siebenbürgischen Fürsten von ehedem, die den Székler »Grundherren« ihre Güter knapp zugemessen hatten, ja sie ihnen sogar mitunter einfach wegnahmen.

Das Färbelspiel gehört zu den reißenden Tieren, denn es frißt Geld und Zeit mit großer Geschwindigkeit. Der Kuckuck in der Wanduhr sprang häufig hervor, um durch seinen Ruf zu verkünden, daß man der Deputiertenwahl wieder um eine Stunde näher gerückt war.

Gegen Mitternacht kam der Hausherr herein, um mit Stentorstimme zu rufen: »Meine Herren, wir brauchen die Tische und Stühle.«

Das Spiel wurde abgebrochen; man strich das Geld in die Taschen (auch Herr v. Katánghy hatte etwas gewonnen), worauf man dann in wenigen Minuten die Tische zusammenschob, quer durch die beiden Zimmer stellte und sich zum Nachtmahl setzte. Wunderschöne, schlanke, grauäugige Székler Mädchen trugen die Speisen auf.

Vom gefüllten Kraut und dem knusprig gebratenen Ferkel, das auch noch tot recht artig einen gebratenen Apfel im Maule hielt, bis zum Prügelkrapfen und Blätterteigkuchen war dort die ganze Herrlichkeit der Székler Küche in reichstem Maße vorhanden. Nach einigen lecker duftenden Gerichten rief man hie und da die Köchin herein, die wohledle Frau Peter János, die denn auch errötend unter die Gäste trat, so oft man sie rief (wie im Theater die Darsteller großer Rollen es zu tun pflegen) und sich ein Glas Wein, das die dankbaren Székler ihr anboten, gutschmecken ließ, worauf sie sich den Mund wischte und verlegen stotterte: »Könnte alles noch besser sein, bitt' schön!...«

Nun begann der Reigen der Toaste. Der Székler ist beim Schmause wortkarg, gelassen, würdig und ernst. Spricht er jedoch, so geschieht es mit Pathos und in blumenreicher Rede. Ganze Debatten entstanden und wurden bedachtsam, in verschnörkelten Redewendungen zu Ende geführt.

Das Nachtmahl dauerte bis 5 Uhr morgens.

Da sprach der Nabob wiederum: »Wir brauchen die Tische.«

Die Gäste standen auf, und man stellte die Tische und Stühle wieder auf ihre alten Plätze. »*Restitutio in integrum.*«

»Was folgt nun?«

Der Obergespan zuckte die Achseln wie ein echter rechter Fatalist.

»Was soll denn folgen? Wir setzen uns wieder zum Färbelspiel.«

»Und dann?«

»Wenn die richtige Zeit da ist, wird das Frühstück kommen. Was willst du noch wissen?«

»Wann du an die Heimkehr denkst?«

»O, die liegt noch in weiter Ferne, mein Freund. So weit pflege ich nicht im voraus zu denken. So viel aber kann ich dir zu deiner Richtschnur sagen, daß die Namensfeste hier gewöhnlich drei Tage dauern.«

»Darüber gehe ich zugrunde!« seufzte der entsetzte Katánghy im Tone vollster Überzeugung.

»Für die Toten ist das nicht bindend. Wer früher stirbt, geht früher, denn hier wäre nicht einmal Platz für einen Katafalk vorhanden; aber die Lebenden sind für drei Tage verpflichtet; am vierten Tage kommt dann das »*Pelzausfuchsen.*«

»Ja, was ist denn das?« fuhr der Doktor verblüfft auf.

»Ei, du bildest dir doch nicht ein, daß dir – wenn du am vierten Tage zur Heimkehr rüstest – unter einem solchen Haufen von Pelzen, die in bezug auf Tuch, Fell und Schnitt alle gleich sind, sofort dein Pelz in die Hände fällt! Ein ganzer Tag vergeht mit dem Herumstöbern, dem Hin- und Herwerfen. Glaube mir, es ist sehr belustigend, ein wahrhaftiges Vergnügen, wenn der Mensch schließlich *post tot discrimina rerum* zu seinem Pelz gelangt, vorausgesetzt, daß man denselben nicht vertauscht, fortgetragen und einen anderen an seiner Stelle zurückgelassen hat.«

»O, o! Das wäre gar schön... Meinen Pelz habe ich mir von meinem Schneider geliehen. Jeder Tag kostet einen Gulden Leihgebühr. Wenn mir den jemand fortträgt, werde ich das Vergnügen haben, bis an mein Lebensende zu zahlen.«

Diese Aussicht war in der Tat beängstigend. Unser Melchior war, wie alle verweichlichten Stadtmenschen, jetzt schon müde zum Umfallen, er glaubte zusammenbrechen zu müssen. Er begann schon zu bedauern, daß er überhaupt hierhergekommen war. Welchen Zweck hatte eigentlich das Ganze? Am besten wäre es, von hier irgendwie durchzugehen; wenn er wenigstens vorher mit Onkel Johann reden könnte.

Aber Onkel Johann ging ihm, wie es schien, geflissentlich aus dem Wege; er saß ganz weit von ihm, unten am Tisch als »Kumanierhauptmann«. Bei einem Szßekler Schmaus ist die »Kumanierhauptmannswürde« ein Amt *ad hoc*. Zwischen jedem vierten und fünften Gast sitzt je ein Kumanierhauptmann, den der Hausherr für diese Funktion unter den weniger angesehenen Gästen aussucht, damit er die neben ihm sitzenden Gäste zum Essen und Trinken ermuntere, sie bediene, ihnen immer wieder einschenke. Katánghy war verwundert. Was soll denn das zum Teufel nur heißen? Der mächtige König Johann bedient hier die anderen? Das kann man doch unmöglich begreifen! Auch fiel es Katánghy beim Nachtmahl auf, daß keiner ein Hoch auf den Alten ausbrachte, während man doch hier fast auf jedermanns Wohl ein Glas leerte.

Er konnte sich nicht enthalten, seinen Nachbar zur Linken, den jovialen Stefan Gábor, nach dem Grunde dieser Sache zu fragen, und dieser antwortete ihm dann wörtlich: »Er ist hier im Komitat nicht sonderlich beliebt. Zu einem kreischenden Schiebkarren wird doch kein Mensch sagen: ›Komm du Kutsche‹!«

»Aber drinnen in der Stadt«, widersprach ihm Katánghy, »ist er doch ein mächtiger Mann, wie ich höre.«

Stefan Gabor zuckte verächtlich die Achsel.

»Na ja! Auch der Fuchs ist Gebieter in seinem Bau!«

Diese Herabsetzung des Königs Johann verstimmte Melchior gewaltig. Klara hatte ihn also auch mit diesem Menschen zum besten gehalten! Wenn er sie doch nie kennen gelernt hätte!

Als er sich dann nach aufgehobener Tafel durch den drängenden Menschenschwarm hindurch ins dritte Zimmer zu seinen Partnern durchschlängeln wollte, huschte plötzlich König Johann an ihm vorbei und flüsterte ihm ins Ohr: »Alles steht zum besten!«

Katánghy fand nicht einmal die Zeit, ihn anzusehen, so plötzlich und spurlos war er verschwunden, wie der Rauch. »Alles steht zum besten!« Was zum Teufel ist denn dieses Alles? Ach, der Alte schwatzt nur Dummheiten!

Melchior dachte gar nicht mehr an seine Kandidatur, sondern er zerbrach sich nur den Kopf darüber, wie er sich wohl aus dem Staube machen könnte, als ihn ein Mann in grauem Tuchgewande plötzlich am Rockzipfel faßte und ihn um seine gütige Protektion beim Kultusminister bat.

»Aber ich habe doch keinen Einfluß bei dem Minister!«

»Wird schon kommen,« entgegnete der Mann im grauen Gewand mit bedeutungsvollem Zwinkern, als wollte er sagen: »Ich weiß schon alles«.

Das gab Melchior zu denken. Noch mehr stutzig wurde er, als während des Kartenspiels der alte Gaspár Báli, der Präsident der dortigen liberalen Partei, sich hinter seinen Stuhl stellte, ihm auf die Schultern klopfte und augenscheinlich, um ihm etwas Schönes zu sagen, oder ihm Mut einzuflößen, ohne dabei die Grenzen des Taktes zu überschreiten, seine Zigarre mit der Zunge in den anderen Mundwinkel schob und mit unglaublicher Ruhe sagte: »Freundchen, Sie haben denselben breiten Rücken, wie seinerzeit der selige Christoph v. Lábódy.«

(Christoph v. Lábódy war der zu Anfang des Zyklus plötzlich verschiedene Lieblingsabgeordnete des Bezirkes, dem sie den Namen »Der Székler Franz Deák« gegeben hatten.)

Darauf lachte der Kiebitz des Obergespans, ein Komitats-Vizenotar, laut auf: »Onkelchen, Sie werden doch nicht gar den Deputierten nach der Rückenbreite wählen wollen?!«

Der Alte blickte das grüne Bürschchen, dem die Zunge durchgegangen war, streng an: »Doch, Freundchen! Was verstehst du Gelbschnabel davon!«

Melchior sank fast vom Sessel. Er glaubte zu träumen. Und doch waren es just diese Worte, die ihm den Schlaf aus den Augen trieben. Als die Fee Majmwna schon alle Anstalten machte, ihm die Augenlider mit großen Stichen zuzunähen, zog diese Andeutung, daß seine hoffnungslose Sache unerwarteterweise beginne, sich zum Guten zu wenden, sofort alle Heftfäden aus seinen Augen. Das Blut kreiste wieder schneller, frischer in seinen Adern, ihm war plötzlich, als sei er neugeboren.

Und während er mechanisch mischte, teilte und die Karten »gustierte«, saß er wie auf Nadeln; er hätte sich für sein Leben gern umgeschaut, mit jedem gesprochen, kurz sich noch besser von der allgemeinen Stimmung überzeugen wollen.

Unmöglich! Es ist ja doch nicht möglich! dachte er bei sich. König Johann sollte das bewirkt haben? Er hat doch hier gar kein Ansehen! Nein, nein! Ich bin dumm! ich habe Halluzinationen; wie könnte es aber auch wahr sein?

Und dennoch war es wahr! – König Johann hatte den heutigen Abend wohlweislich ausgenützt. Sobald der Obergespan und Melchior erschienen waren, hatte er mit großer Geheimtuerei den ihm befreundeten Herren zugeflüstert: »Wie ich sehe, führt der Obergespan schon wieder was im Schilde. Sein Kopf ist wie die Küche des Hotels ›Zum Greifen‹ in Brasso, es kocht dort immer etwas. Oder glaubt ihr, er habe diesen Budapester nur so zum Vergnügen hierhergebracht?«

»Aber, wozu sollte er ihn denn gebracht haben?«

»Er will ihn euch als Abgeordneten aufhalsen.«

Die Székler Herren sahen einander verdutzt an: »Das mag schon sein.«

»Es mag sein? Ich weiß es bestimmt. Von wem?« (Das sagte er aber nur flüsternd.) »Tißa selber hat davon gesprochen, als ich jüngst in Budapest war.«

Die Székler Herren begannen Katánghy von der Seite zu mustern. »Ein stattlicher, hübscher Mann,« sagten einige. »Wer weiß, was in ihm stecken mag?« Mit einem Worte, die Aufmerksamkeit hatte sich ihm zugewendet, was weder er selber noch der Obergespan bemerkte.

König Johann aber fuhr in seiner Minierarbeit fort.

»Ich erklärte Tißa sofort, daß daraus nichts werden wird. Hat er es sich nicht gesagt sein lassen, so mag er jetzt zusehen. Hier wird sein Katánghy nicht Deputierter. Bei Gott, er paßt ja auch absolut nicht für uns. Er kann doch nicht einmal anständig ungarisch sprechen. So hören Sie doch nur, was für eine Aussprache er hat!«

Anfangs nahm man diese Mitteilungen mit einer gewissen Reserve auf; trotzdem aber verbreiteten sie sich wie ein Lauffeuer, und Herr Johann watschelte von der einen Gruppe zur anderen, um überall in seiner hochfahrenden Art seine Meinung zu äußern: »Er wird nicht gewählt, sag' ich; ich sag' es! Ihr könnt mich auslachen, wenn der Kerl durchkommt.«

Und dabei warf er sich keck in die Brust. Natürlich gab's unter den hochmütigen Komitatsleuten sofort einige, die dieses protzige Getue aufs äußerste erboste.

»Sie dulden es nicht? Sie? Und wenn wir ihn Ihnen zum Trotz wählen?«

»Na, das möchte ich mal sehen!« brauste der Alte auf, wie ein zorniger Puter.

Darauf erhob auch der andere seine Stimme: »Ei! Ei! Was sind Sie für ein großer Mann! Sie haben in diesem Bezirke doch nicht einmal eine Stimme. Mit welchem Recht maßen Sie sich an, hier zu verfügen?«

König Johann ward bis unter die Haarwurzeln rot vor Zorn.

»Mit welchem Rechte? Weil ich besser weiß als die Herren, was für ein Abgeordneter hierher paßt!«

»Oho!«

»Bei sich zu Hause können Sie befehlen, Herr König, hier nicht!«

Nikolaus Olt von Bidrafalu, der allein hundert Stimmen zu vertreten pflegte, begann als Nestor einer weit ausgedehnten Sippe jetzt mit seiner großen, behaarten Hand unter Királys Nase herumzufuchteln.

»Sachte, sachte. Sie mit Ihrer winzigen Gestalt, mein lieber Herr Király! Mein Wort darauf, und das ist keine Seifenblase, jetzt stimme ich just erst recht auf diesen... Dingsda... wie heißt er nur?«

»Katánghy.«

»Jawohl, auf Katánghy.«

Jetzt war die Debatte schon so laut, daß ruhigere Elemente die Kampfhähne beschwichtigen mußten: »Pst! So zankt euch doch nicht. Was sich nicht schickt, schickt sich nicht. Man hört euch ja sogar im Spielzimmer.«

Man begann auch König Johann zu besänftigen, warf ihm vor, daß nicht recht sei, was er tat. Wenn er schon auf den Gast keine Rücksicht nehmen wolle, so müsse er doch wenigstens dem Hausherrn die gebührende Achtung zollen. Es wäre wahrlich eine Schande, wenn es ihm zu Ohren käme, wie unbarmherzig man seinen Gast durchhechelt.

Aber König Johann blieb unverbesserlich. Er schlug sich auf die Brust und rief, daß ihn niemand mundtot machen werde. »Ich bin ein Charakter,« kreischte er, »was ich auf der Lunge habe, habe ich auch auf der Zunge.«

Er arbeitete weiter, agitierte unaufhörlich gegen Katánghy, solange er nur einen Zuhörer fand, und entfachte dadurch eine so erbitterte Wut gegen seine Person, daß beim Morgengrauen alle einer Meinung waren. Jeder einzelne schwor: »Just wählen wir den Pester, und damit Punktum.«

Es fanden sich sogar einige Székler, die trotzig hinzufügten: »Wenn es sein muß, verkaufe ich meine beiden Pferde, um für den Erlös Stimmen zu kaufen, aber wir werden, so wahr uns Gott helfe, König Johann schon zeigen, daß just dieser unser Abgeordneter wird!«

Als gegen neun Uhr der Hausherr mit dem stereotypen Ausruf ins Zimmer trat: »Bitte um die Tische!«, huschte König Johann gleichfalls hinein, ließ eine Münze hinter Katánghys Rücken auf die Erde fallen und flüsterte, während er sich anscheinend bückte, um die Münze aufzuheben, diesem ins Ohr: »Du wirst einstimmig gewählt werden, mein Junge!«

Ein bestochener Dynast.

Nach dem Frühstück folgte wiederum das Färbel. Sonst gab es hier keine Abwechslung. Der Zigarrenvorrat war zu Ende gegangen, und man mußte einen Boten in das Nachbardorf schicken, wo angeblich bei dem armenischen Händler kurze Zigarren zu haben waren.

Inzwischen suchte der Hausherr seine alten Pfeifen für die Gäste zusammen, improvisierte Pfeifenrohre und borgte einige auch da und dort im Dorfe. Wer eine bekam, mußte noch froh sein. Selbst die anwesenden Magnaten begnügten sich mit Pfeifenrohren, die nicht immer sonderlich sauber waren.

Beim Mittagsmahl, das in die Zeit der Jause fiel, begannen die Toaste von neuem. Die angesehensten Herren erhoben sich, um ihr Glas auf Melchior v. Katánghys Wohl zu leeren, von Zeit zu Zeit Anspielungen einflechtend, wie: »So Gott will, schließen wir unseren Gast noch mehr in unsere Herzen. Gleichwie der schlängelnde Bach mit seinem rieselnden Wasser aus weiter Ferne kommt, und möge er aus noch so weiter Ferne kommen, so sagt man doch niemals ›Schau, dort kommt ein fremder Bach‹, sondern alle Welt sagt: ›Das ist unser lieber Bach‹; so gebe der allmächtige Gott, daß das in unserem Komitat fließende Bächlein zum mächtigen Strome werde.«

Die Székler verstehen es eben, schön und zu Herzen dringend zureden; es liegt etwas von der biblischen Urkraft in ihrer eigentümlichen Denkungsart, etwas von dem Dufte der Zedern des Libanon und dem Honig von Thibeza.

Während der wiederholten Hochrufe und der allgemeinen Begeisterung bemerkte man, wie König Johann sich in Zorn verzehrte; er rief aber auch häufig während der Reden der anderen dazwischen:

»Wer weiß? Na, wir werden schon sehen!« und dergleichen mehr.

Seine Nachbarn taten so, als ob sie ihn überhaupt nicht hörten; er schien sich nicht um sie zu kümmern und suchte mit scharfem Blicke sofort das homogene Element heraus, den Grafen Tenky, den er herausfordernd ansah, als ob seine Zwischenrufe direkt auf ihn gemünzt wären. Einmal stand er sogar vom unteren Ende des Tisches aus und trippelte hinter den Stuhl des Grafen: »Die Katze mag ja auch die Sahne,« sprach er laut, sich über den Grafen beugend; »wenn der Napf aber tief ist, kann sie doch nicht heran, weil ihr Kopf nicht hineingeht.«

Der Graf runzelte die Stirn; er begann Herrn Johanns zudringliche Liebe überflüssig zu finden; diese Gemeinschaft war ihm lästig.

»Aber geben Sie doch Frieden!« sagte er mürrisch.

Die anderen waren geradezu entrüstet über Johann Királys unschickliches Betragen.

Es fehlte nicht viel, so hätte man ihn an die Luft gesetzt; zum Glück aber stand in dieser erregten Stimmung Katánghy selbst auf und beschwichtigte durch einen sehr geschickten Toast die turmhoch anschwellenden Wogen der Aufregung. Er meinte, in einem freien Lande habe jedermann das Recht, eine freie Meinung zu haben, und jene Meinung sei die beste, die offen, von Angesicht zu Angesicht geäußert wird.

Dieser Toast fand Beifall. Hell klangen die Gläser zusammen. Der Obergespan rückte seinen Stuhl neben jenen Melchiors.

»Du bist ein Glückspilz,« sagte er. »Es ist mir unfaßlich, womit du die Leute erobert hast?«

Katánghy flüsterte achselzuckend, aber mit freudiger Miene: »Weiß Gott!«

»Jetzt wage ich schon zu sagen,« fuhr der Obergespan fort, »daß dein Mandat sicher ist, wenn Tenky nicht auftritt. Der ist aber noch kalt wie ein Gletscher, und auf seinem Antlitz liegt etwas Geheimnisvolles, Beängstigendes, wenn man auf deine Kandidatur hinweist.«

Tenkys Benehmen war dem Pester Gaste gegenüber in der Tat frostig. Bei jeder Anspielung auf seine Kandidatur, senkte Tenky spöttisch die Mundwinkel, und während des Kartenspiels sprach er mit ihm in jenem gewissen hochmütig näselnden Tone, wegen dessen der Mob schon mehr als einmal die Fenster des Magnatenkasinos eingeschlagen hat.

Katanghy sagte mit gelassenem Humor: »Ja, man merkt, daß die französische Revolution schon sehr lange vorbei ist!«

Im übrigen wurde der Graf jetzt von König Johann in Behandlung genommen. Der »Szekler Bismarck« wußte sehr wohl, daß nichts in der Welt den hochmütigen Grundherrn so ärgern würde, wie seine Protektion; er begann also im Zimmer für Tenkys Kandidatur Propaganda zu machen.

Tenky geriet in Zorn; er wollte gerade losbrechen, als der Hausherr wieder einmal auf der Bildfläche erschien: »Die Tische werden nicht mehr gebraucht!«

Wieder fanden sich die Färbelspieler zusammen; Katánghy jedoch, der seine Mattigkeit kaum mehr überwinden konnte, schlich hinaus an die frische Luft.

Der Kopf schwindelte ihm, feine Beine schlotterten, er fühlte, daß er dort drinnen in dem Rauch und Dunst vor Ermüdung zusammenbrechen müßte. Während er sich durch das Pelzzimmer hindurch in die Haustür schlich, entstand urplötzlich in seinem Kopfe der tollkühne Plan, durchzugehen. Er war sich wohl klar darüber, daß er dabei alles aufs Spiel setzte, aber er wollte dennoch flüchten. Er dachte an nichts mehr in der Welt, nur an ein Bett. Nicht nur ein Abgeordnetenmandat, sogar einen Thron hätte er in diesem Augenblick für ein Schläfchen geopfert.

Eben jetzt trug eine schöne, schlanke Magd aus der Küche einen Zuber Spülwasser zum Wegschütten in den Hof.

»Wie heißt du, mein Kätzchen?« fragte er sie freundlich.

Ihr erstes war, den blaugeblümten Rock herunterzuschlagen, der rückwärts aufgeschürzt war, so daß man ein Stück des Hemdes sah. Dann erst antwortete sie:

»Susanna.«

Unser Held blickte sorgfältig herum, ob ihn auch niemand höre.

»Du könntest mir einen Gefallen erweisen, Kleine!«

»Gern. Auch zwei, ich bitt' schön.«

»Ich werde dich beim Wort nehmen, Suschen. Just um zwei Dinge will ich dich bitten.«

Das Mädchen lächelte.

»Jetzt tut es mir schon leid, daß ich nicht drei sagte.«

In ihren Bewegungen lag so viel Liebreiz und Natürlichkeit, daß es für eine Komtesse genügt hätte.

»Zwei sind auch genug. Aber kannst du auch schweigen?«

»Mag schon sein, daß ich's kann,« lachte sie schelmisch, »aber bisher hab ich's halt noch nicht probiert.«

»Ach, mein Herzchen, wenn du nicht schweigen kannst, dann verdirbst du damit alles.«

»Ei,« sprach sie, den Kopf halb zur Seite neigend, »ist's eine gar so heikle Sache?«

»Wahrlich ja. Du müßtest im geheimen einen Wagen mieten, der mich hier irgendwo, sagen wir bei der Kirche, erwartet und nach Brassó führt.«

Suschen schlug erschreckt die Hände zusammen.

»Jesus, Maria und heiliger Josef! Na, das fehlte gerade noch. Unser Herr würde mich sofort aus dem Dienst jagen.«

»Aber, aber!«

»Gewiß. Uns ist streng befohlen worden, es gleich dem Herrn zu melden, wenn wir bemerken, daß ein Gast flüchten will. Was würde es da geben, wenn wir Ihnen noch gar zur Flucht verhelfen würden?«

»Du willst es also nicht tun?« drängte er in flehendem Tone.

»Nein, nein!« rief sie, ihre Hände reumütig faltend. »Bei Gott, ich kann es nicht tun, obwohl ich weiß, daß Sie unser Abgeordneter werden.« Sie kam in furchtbare Verlegenheit, nahm ihren Schürzenzipfel in den Mund und nagte daran herum. »Aber ich habe niemanden und so brauche ich auch niemanden; aber Bärbel wird es wohl tun... ich glaube, sie wird es tun.«

»Wer ist Bärbel?«

»Eine Magd wie ich, aber sie hat einen Geliebten, und deshalb wird sie es tun. Barbara fürchtet selbst den Teufel nicht, denn sie hat einen Geliebten.«

»Und wo kann ich diese Barbara finden?«

»Sie reibt Mohn in der Küche.«

»Schick' sie nur schnell mal her!«

Während Melchior Barbara erwartete, kamen die vom Weine erhitzten Herren in den Hof heraus und rieben sich das Gesicht mit einer Handvoll frischen Schnee. Das ist das Heilmittel der Székler gegen die Mattigkeit.

Das ist ein gutes Mittel, dachte Katánghy, und tat wie jene.

Unterdessen kam Barbara heraus. Sie war ein prächtiges Weibsbild, gewachsen wie eine Tanne, mit Grübchen im Gesicht und sinnlichen roten Lippen; ihre schwarzen Augen glänzten und funkelten wie zwei Johanniskäfer. Sie schwang den schweren großen, keulenförmigen Mörserschlägel so leicht in der Hand wie eine Fliegenklatsche.

»Ei, ei, Blitzmädel, wie ich sehe, hast du dich mit einer Streitkeule bewaffnet?«

»Suschen hat mich hergeschickt, bitte schön, daß der Herr mir etwas zu befehlen belieben?«

Katánghy winkte ihr, näher zur Kammer zu kommen (denn vor der Flur gab es zu viele Leute), dann trug er ihr seinen Wunsch vor, einen Wagen zur Stelle zu schaffen und ihm seinen Pelz herauszusuchen.

»Eine Zigarrentasche ist darin, daran kannst du ihn erkennen; wenn du den Pelz hast, so schmuggle ihn irgendwie in die Küche hinaus und lege ihn dann nachts auf den Wagen.«

Sie schüttelte ihren Kopf und die Streitkeule. Eine Weile zauderte sie.

»Ene schwere Sache das,« sagte sie, »aber auch ich werde mir etwas Schweres von Ihnen erbitten. Huhn für Huhn... Ochsen für Ochsen. Werden Sie es tun?«

Sie warf einen scharf prüfenden Blick auf Katánghy.

»Wovon ist die Rede?« fragte dieser etwas zögernd.

»Ich möchte gern heiraten,« sagte sie mit gedämpfter Summe, »und ich habe auch einen Freier.«

»Alle Wetter! Das will ich glauben!«

»Aber ich kann ihn nicht heiraten; und doch liebe ich ihn, er ist ein wackerer Mensch.«

»Ja, aber warum kannst du ihn denn nicht heiraten?«

»Wegen meines seligen Mannes.«

»Was du nicht sagst!« unterbrach Katánghy sie überrascht. »Du bist schon Witfrau?«

»Ich weiß nicht,« entgegnete sie traurig.

»Davon verstehe ich keine Silbe. Du hast einen toten Mann und weißt nicht, ob du Witfrau bist? Du hast einen Freier, liebst ihn und kannst ihn nicht heiraten?«

Das junge Weibchen seufzte tief auf.

»Das ist ein ganz eigentümlicher Fall. Aber davon ist nicht die Rede, sondern: Ich schrieb zwei Briefe, und der hochgeborene Herr müßte diese mitnehmen, persönlich dem übergeben, für den sie bestimmt sind, und wenn Sie zur Wahl hierher zurückkommen, mir die Antwort bringen.«

»Das ist keine schwere Sache. Was für Briefe sind es?«

»Der eine ist an den König in Budapest gerichtet, ich bitt' schön, der andere an den Erzbischof in Eßtergom.«

»Hm. Und was steht in den Briefen?«

Bärbels schönes Gesicht ward plötzlich dem einer Heldin gleich; es ward förmlich durchgeistigt, der Glanz überirdischer Erkenntnis übergoß ihre Stirne.

»Ich frage den König, ob diejenigen, die gestorben sind, noch seine Untertanen sind?«

Melchior sah sie mißtrauisch an. Armes Geschöpf! Es scheint, sie ist nicht recht bei Verstande.

»Und was steht in dem Brief an den Erzbischof von Eßtergom?«

»Der Erzbischof soll mir sagen: ›Wo beginnt der Tod?‹«

Seit dem Schiedssprüche des großen Königs Matthias in der Szinkotaer Straßenschenke hatte man etwas Ähnliches noch nicht gelesen oder gehört. Melchior war sich vollständig klar darüber, daß er eine verrückte Person vor sich habe.

»Und wozu würde es dir denn nützen, dies zu erfahren?« fragte er Barbara.

»Dann würde ich wissen, ob ich heiraten darf oder nicht.«

»Wie das? Sprich deutlicher. Denn wie soll ich dir Antwort bringen, wenn ich nicht verstehe, wovon die Rede ist.«

Barbara stemmte den Mörserschlägel so vor sich hin, wie der Hirt es mit seinem Stabe zu tun pflegt, sie stützte ihren Ellenbogen darauf und legte ihr schönes Gesicht in ihre Hand.

»Ja, das ist so, bitt' schön, daß mein Mann vor zwölf Jahren in Pest im Sankt Rochusspital gestorben ist; meine Mutter und ich waren die letzten Augenblicke bei ihm. Dann fuhren wir nach Hause; mich brachte meine arme Mutter krank heim, weil der große Kummer mich ganz gebrochen hatte. Wir beweinten ihn eine Reihe von Jahren; plötzlich aber kommt der Andreas Sikor einmal aus Ungarn mit der Nachricht, er habe meinen Mann gesehen und gesprochen, sie hätten sogar drei Viertel Schnaps zusammen getrunken. Wir sagten, dies sei unmöglich, weil er doch gestorben sei. Aber Andreas Sikor schwor hoch und teuer, daß er die Wahrheit spreche. Das ging so, bis sich denn auch ein anderer Zeuge einfand, der edle Herr Alexander Héja, Richter in Laczfalu, der gleichfalls in Ungarn meinen Mann erkannt und ihn sogar gefragt hat: ›Was läßt du deiner Frau sagen?‹, worauf er antwortete: ›Sagen Sie ihr gar nichts, denn ich lebe jetzt nur mehr mein Leben im Jenseits‹, und damit er mir wirklich nichts sage, hat er den Alexander Héja gar nobel traktiert.«

»Der tote Mensch?«

»Ja, der tote Mensch.«

»O, der Esel!« brach Katánghy aus.

Bärbel verstand diesen Ausruf der Höflichkeit, sie lächelte und fuhr fort: »Wir gerieten deshalb in eine qualvolle Unruhe, bitt' schön, und so gingen wir denn zum Notar, dem ehrenwerten Herrn

Paul Hám – er ist dort drinnen, der hochgeborene Herr kann ihn fragen – und der Notar schrieb dann ins Sankt Rochusspital, was mit meinem verstorbenen Mann geschehen war, und von dort kam die Antwort, daß er vom Scheintode erwacht sei und dann als vollständig geheilt entlassen wurde.«

»Alle Wetter!« rief jetzt Katanghy. »Heißt dein Mann nicht Michael Varga?«

»Ja gewiß, Michael Varga,« erwiderte Barbara verwundert. »Woher wissen Sie das, gnädiger Herr?«

»Woher? Ist doch dieser Halunke mein eigener Diener. War ich es ja doch, der ihn vom Tode erweckte.«

»Aber, aber...« sagte sie zweifelnd.

»Mir hat der Schelm nie etwas davon gesagt, daß er verheiratet ist! Ja, in Szombathely wollte er sogar mit aller Gewalt heiraten; er wollte eine Frau Sirjai, eine Gastwirtin, heiraten...«

Barbaras Augen blitzten auf, und wieder blickte sie Katánghy vertraulich von der Seite an.

»So ist's, davon habe auch ich gehört... Die böse Absicht hat ebenso schnelle Beine wie die böse Tat. Verstehen Sie jetzt die Briefe?«

»Noch nicht.«

»Und doch ist die Sache ganz klar. Wenn der König antwortet, daß jene, die gestorben sind, nicht mehr seine Untertanen sind, dann kann ich heiraten, denn Michael Varga hat dann nichts mehr von mir zu fordern, da des Königs Gesetze nur für seine Untertanen gelten.«

»Recht schlau ausgedacht,« lächelte Katánghy.

Das ist ja wahrhaftig kein verrücktes Weib; sie hat nicht nur ihren ganzen Verstand, sondern noch dazu einen recht klaren. Jetzt war er schon selbst neugierig auf den Brief an den Erzbischof.

»Nun, und was soll denn der Erzbischof dir sagen, liebes Kind?«

»Antwortet der Erzbischof, daß der Tod, mit dem Entschweben der Seele eintritt, dann habe ich gewonnene Sache, denn Michael

Vargas Seele ist entschwebt, und ich hatte ihm nur die Treue bis zum Tode gelobt.«

»Daran ist etwas.«

»Wenn jedoch der Erzbischof antwortet, daß der Tod erst später eintritt, wenn die Sache so steht, wie wir dummen Bauern geloben: ›Nur Schaufel und Spaten trennen uns voneinander‹, wenn Schaufel und Spaten die Grenze zwischen Leben und Tod bilden, dann habe ich eine verlorene Sache; denn bei Varga war es noch nicht bis zu Schaufel und Spaten gekommen.«

Katánghy schüttelte verblüfft den Kopf.

»Bärbelchen, was für ein großer Advokat ist an dir verloren gegangen! Du willst natürlich wissen, ob das Gesetz dich bestrafen würde, wenn du heiratest.«

Sie nickte mit dem Kopfe.

»Und wie wär's, wenn du dich mit deinem Manne aussöhnen würdest? Ich würde ihn dir herbringen.«

Sie schüttelte verneinend den Kopf.

»Na, ich werde schon in deinem Interesse mit irgendeinem großen Rechtsgelehrten in Pest reden, dann werde ich dich verständigen. Wenn es aber nicht anders geht, so werde ich Varga zwingen, den Scheidungsprozeß einzuleiten, gelt?«

»Nehmen Sie die Briefe mit?« fragte sie mit fanatischer Hartnäckigkeit.

Katánghy zauderte.

»Was erreichst du damit? Ist ja doch...«

»Nehmen Sie sie, oder nehmen Sie sie nicht?«

»Nun ja, meinetwegen. Ich nehme sie mit.«

»Und werden Sie mir die Antwort bringen?«

»Ich bringe dir Antwort, wenn man mir antwortet.«

»Dann sind wir in Ordnung. Ich miete den Wagen für Mitternacht und werfe einen Kiesel an das Fenster, wo Sie Karten spielen. Das wird bedeuten, daß der Wagen Sie bei der Kirche erwartet.«

»Bringe mir meine Zigarrentasche herein, sobald du meinen Pelz gefunden hast.«

Seine Partner hatten Melchior mittlerweile schon gesucht. Der eine und der andere der Boten, die sie nach ihm schickten, fand ihn wohl auch, zog sich aber diskret zurück und brachte das vertrauliche Bulletin hinein (eines von denen, die man mit schelmischem Augenzwinkern zu verkünden pflegt), man solle Melchior nur in Frieden lassen, denn er gehe ans irgendein Abenteuer aus.

»Ja, das ist etwas anderes!« sagten die polternden Partner, plötzlich besänftigt.

»*Juventus ventus*!« riefen lachend einige alte Herren in süßer Erinnerung an vergangene Zeiten.

Als Melchior endlich zurückkam, wurde er von fragenden Blicken fast durchbohrt. »Aha! Wo sind wir gewesen? Ei, ei, Sie Schelm, Sie Schelm! Wir wissen schon alles!«

Er setzte sich auf den freigebliebenen Stuhl, da er bereits eine Vorzug genießende Persönlichkeit geworden war. Die Hoffnung, daß sein Fluchtplan gelingen werde, stählte seine erschlafften Nerven und gab ihm neue Kraft, sich aufrecht zu halten. Er setzte das Spiel mit erneuter Lust fort; es war aber das letzte Tröpfchen Öl auf dem Docht. Den dickschädligen Székler Grafen merkte man es noch nicht an, daß sie schon bei der zweiten durchzechten Nacht hielten, sie waren munter und frisch. Mein Gott, aus welchem Stoff waren diese geknetet!

Nach einer Stunde etwa kam Bärbel auf den Zehenspitzen herein geschlichen und legte die im Pelzrock gelassene Zigarrentasche, auf der Katánghys Wappen in getriebenem Silber funkelte, vor ihn nieder.

»Aha!« murmelte die ganze Gesellschaft, und es regnete boshafte Witze auf Melchior.

»Hm – die ist's?«

»Ei, was für ein fesches Ding!«

»Und wie sie dich angeguckt hat!«

Barbara huschte errötend aus dem Zimmer, Melchior aber nahm mit großer Genugtuung und Freude zur Kenntnis, daß sein Pelz sich gefunden hatte; ein verliebter Jüngling konnte ein Rendezvous nicht sehnlicher erwarten, als er seine Befreiung. Wenn ihm das Bett einfiel, das in Brassó seiner harrte, so fing sein Blut an, schneller zu pulsieren. Sieh da, die Hälfte des Planes war schon gelungen. Nur die andere Hälfte ist noch in der Schwebe.

Er öffnete die Zigarrentasche; sie enthielt zwei Britannika-Zigarren. Die Partner sahen einander verdutzt an. Graf Tenky schoß einen, das Blut erstarren machenden Blick auf den Schatz.

Britannika-Zigarren! Zum Teufel, das ist kein Spaß, wenn man verdammt war, zwei Tage kurze Zigarren zu rauchen! Grabesstille entstand bei diesem Anblick, und eine fürchterliche Spannung herrschte. Der Obergespan, der gerade austeilte, legte die Karten nieder, als ob er fühlte, daß jetzt etwas Besonderes geschehen werde.

Melchior erfaßte die Bedeutung des Augenblicks voll und ganz; denn, wie von einem inneren Instinkt getrieben, nahm er plötzlich die eine Zigarre, die schönere, die noch nicht eingedrückt war, und reichte sie dem Grafen Tenky.

Tenky lächelte, er lächelte herzlich, biß dann das Ende der Zigarre ab und lächelte Katánghy noch einmal zu. Die Zigarre hatte einen sehr guten Zug. Er blies schön langsam große Rauchwolken durch die Nase, und beim dritten Zuge trug sein ganzes Gesicht den Ausdruck seliger Wollust.

»Köstliche Zigarre!« näselte er, »wirklich eine ganz kapitale Zigarre!«

Er betrachtete den Rauch lange, melancholisch; dann stäubte er sehr vorsichtig die Asche ab.

»Ich rauche nur dann eine solche, wenn ich hie und da nach Budapest verschlagen werde.«

»Wahrhaftig, du bist selten oben in Budapest,« bemerkte der Obergespan, nicht ohne einen schlauen Nebengedanken.

»Ich verabscheue diese Stadt und will sie nie mehr sehen!«

»Wie das? Mir hat man ja doch gesagt, daß du... wie soll ich mich ausdrücken... daß du zum künftigen Reichstag Absichten habest...«

»Ach, das ist nur leeres Geschwätz! Ich bin ein alter, gebrechlicher Knochen. Einen Augenblick habe ich vielleicht daran gedacht, aufzutreten, wenn sich kein anderer findet; aber«, fügte er hinzu, »wie ich sehe, hat sich schon einer gefunden.« Er zwinkerte Katánghy liebenswürdig mit den Augen zu. »Und schließlich, wie ich sage, ich bin schon ein alter, fauler Knochen, und schließlich ist auch diese Zigarre so herrlich ... und schließlich, wieviel ist Bisi?«

Ein großer Stein fiel Katánghy und dem Obergespan vom Herzen. Der große Gletscher war aufgetaut. Tenky wird jetzt keine Schwierigkeiten mehr machen. Die Britannika hatte ihn kirregemacht.

Die Flucht.

Es wurde weiter gefärbelt, ununterbrochen wurde das Spiel fortgesetzt, und es gab große Zusammenstöße. Vier Könige gegen vier Unter (eine fürchterliche Schlacht) und die Gemüter erhitzten sich sehr. Der Fürstensprößling rollte eine Guldenbanknote zusammen, knotete eine Masche daraus – das nennen die Székler »ein Füllen«. Das Füllen ist ein unbeständiges Tier, es bleibt bei keinem Herrn, wer es gewinnt, muß es der Regel entsprechend aus der »Schnur« als Bist einsetzen, und so wandert es weiter und weiter, großen Schwung und Umsatz verursachend.

Katánghy spielte zerstreut, das Geld interessierte ihn nicht (er hatte jetzt in größeren Sachen Glück genug); außerdem sauste und brauste ihm der Kopf, flimmerte und flammte es ihm infolge der Schlaflosigkeit vor den Augen. Aber das Glück ist eine launenhafte Gottheit, wir wagen nicht, es Göttin zu nennen (denn wenn es nur etwas »Weibliches« an sich hätte, so würde es sich doch nicht just an den müdesten der Männer halten). Es klammerte sich förmlich an Katánghy, er gewann in einemfort, gewann wie toll. Er bemühte sich mit aller Gewalt zu verlieren, was er gewonnen hatte (denn man sagt, es sei für einen Kandidaten besser, wenn er verliert); umsonst, die so leichtsinnig fortgeworfenen Sechser kamen immer wieder aus der »Schnur« zu ihm zurück, einen ganzen Haufen fremder Sechser vor sich hertreibend.

Gegen 11 Uhr hatte er schon an fünfzig bis sechzig Gulden gewonnen, als plötzlich das Fenster erklirrte.

Wortlos erhob er sich. Hinter seinem Rücken saß ein sommersprossiger Herr als Kiebitz, dem drückte er die Karten in die Hand.

»Ich bitte dich, spiele anstatt meiner, während ich hinausgehe. Das Bisi habe ich schon eingezahlt.«

Dem gesprenkelten Mann sah man den Stolz über die Ehre an, die ihm widerfuhr; er setzte sich, blickte triumphierend umher, ob man auch sehe, an wessen Stelle und mit wem er jetzt spielt – dann rief er dem sich entfernenden Katánghy nach: »Man läßt kosten. Soll ich's geben?«

»Wie du willst.«

Darauf ging Melchior hinaus, ohne auch nur den geringsten Argwohn zu erregen, als ob er sich nur für einen Augenblick entfernen würde. Auf der Schwelle warf er noch einen Blick auf seinen würdigen Stellvertreter, den er nicht kannte, und den er vielleicht auch nie wiedersehen würde.

Im Vorhause saß die kleine Susi auf einer Kiste und schlug Sahne in einer gelben irdenen Schüssel (weil das Nachtmahl natürlich erst später aufgetragen wurde).

»Na, Suschen, Gott mit dir!«

Er versuchte, ihr einen Gulden in die Hand gleiten zu lassen.

Sie stellte die Schüssel auf die Kiste nieder und legte beide Hände auf den Rücken.

»Ich nehme kein Geld an.«

»Also was soll ich dir denn geben?«

Verlegen schlug sie die Augen auf.

»Nichts. O gar nichts! Aber wenn Sie doch daran denken sollten, so schicken Sie mir lieber... lieber...«

»Na also, was soll ich dir schicken? Vielleicht einen Geliebten?«

»Möcht' wissen, wozu?«

Zweimal stockte sie, bis sie es hervorbrachte: »Schicken Sie mir aus Brassó durch den Fuhrmann eine Stange wohlriechende Seife.«

»Hast recht, klein Suschen. Erst die Seife. Das ist die Reihenfolge, nach der wohlriechenden Seife wird sich der Schatz einfinden.«

Sie machte ein schmollendes Gesicht und drohte ihm mit dem Schneeschläger.

»Jetzt gehen Sie aber, sonst spritz' ich Sie gleich an.«

Er ging auch schon, aber wahrlich recht langsam. Draußen war es stockfinster, so daß er sich kaum aus dem Hofe hinausfand. Kein einziger Stern glänzte am Himmel, und auch aus den Fenstern der kleinen Häuschen drang kein Kerzenschimmer mehr. Ganz Borontó schlief, die ganze Erde schien jetzt zu ruhen unter ihrer weißen

Decke. Die reifbedeckten Bäume säuselten ihr ein Schlummerlied zu.

In der großen Finsternis sah man nur das Leuchten des Schnees und das Blinken der Kirchenmauer. Melchiors scharfes Auge nahm mit großer Mühe die Bewegungen lebender Wesen wahr. Den Wagen konnte man eher ahnen als sehen.

Als Melchior sich der Kirche näherte, hörte er plötzlich das Rauschen von Weiberröcken. Aha! Das ist sicherlich Barbara mit ihren blendenden roten Lippen und funkelnden Augen. Eine tolle Nacht, daß nicht einmal diese Augen vermögen, die Finsternis zu durchleuchten!

Nur das Kleiderrauschen verriet, daß sie hier neben dem Wagen Melchior erwarte, sicherlich mit den Briefen. Und das Rauschen der Röcke wirkt in der Nacht zauberhaft, aufregend, geradezu unwiderstehlich.

»Wo ist der Fuhrmann?«

»Hier bin ich, bitt' schön,« antwortete eine dumpfe Männerstimme.

»Können wir fahren?«

»Ja.«

»Werden Sie die Straße sehen können?«

»So gut die Straße mich sieht, bitt' schön, so sehe ich auch sie, bitt' schön.«

»Und mein Pelz? Ist er hier?«

»Hier ist er, bitt' schön.«

Unterdessen war die weibliche Gestalt näher gekommen und drückte Melchior die Briefe in die Hand.

Einen Augenblick fühlte er die Berührung ihrer Hand, und sein Blut geriet in Wallung. Seine Phantasie berauschte ihn, sie ergänzte, vollendete Bärbels Schönheit. Die Undurchdringlichkeit der Nacht verlieh ihr so viele zauberhafte Reize, daß es unmöglich war, der Lockung zu widerstehen. Eine dämonische Begierde zwang ihn, plötzlich ihren Leib zu umfassen und seinen Mund auf ihre Lippen zu pressen.

»O weh!« kreischte sie auf. »Machen Sie doch keine Tollheiten, Sie zerbrechen mir ja meine Brille!«

Katánghys Hände fielen bei dieser Stimme und bei diesen Worten erstarrt herab.

»Welche Brille?«

»Die ich auf der Nase habe.«

Es war eine fremd klingende, häßliche, zischende Stimme, die Melchior noch niemals gehört hatte.

»Ja, wer sind Sie denn?« fragte er ärgerlich.

»Ich bin die Mutter der Frau Michael Varga. Bärbel hatte keine Zeit, mit den Briefen herzukommen und schickt sie Ihnen deshalb durch mich. Kann ich gehen, bitt' schön?«

»Meinetwegen geradeaus bis zum Blocksberg!«

Er fluchte, tobte in seinem Zorn, hatte aber doch nicht recht. Das Glück im Kartenspiel mußte unbedingt traurige Folgen in der Liebe haben.

So endete sein Abenteuer in Borontó. Was soll ich sonst noch erzählen?

Drei Stunden später langte unser Held in Brassó an.

Und nach drei Monaten wählte man ihn einstimmig zum Reichstagsabgeordneten von Borontó.

Wie er zu seinem großen Vermögen kam? Man glaube ja nicht, daß der gesprenkelte Kiebitz es gewonnen hat, den er in Borontó an seiner Stelle spielen ließ, und den er sich – wie er im Couloir zu erzählen pflegt – noch heutigentags dort sitzend vorstellt, wie er fortwährend Färbel spielt, bis er eines schönen Tages, vielleicht nach 20 oder 30 Jahren, gealtert, ganz ergraut, bei Katánghy erscheint und ihm sagt: »Es ist mir schon zu langweilig geworden, den Herrn zu erwarten, bitt' schön, nehmen Sie Ihr Geld, da ist es, eine runde Million Gulden...«

Nicht doch! Er ist auf ganz anderem Wege reich geworden, aber jedenfalls – er ist es geworden. Sein Aufstieg zum Großgrundbesitzer und seine Abgeordnetenlaufbahn wären indes ein Roman für sich.

Ende

Über tredition

Eigenes Buch veröffentlichen

tredition wurde 2006 in Hamburg gegründet und hat seither mehrere tausend Buchtitel veröffentlicht. Autoren veröffentlichen in wenigen leichten Schritten gedruckte Bücher, e-Books und audio-Books. tredition hat das Ziel, die beste und fairste Veröffentlichungsmöglichkeit für Autoren zu bieten.

tredition wurde mit der Erkenntnis gegründet, dass nur etwa jedes 200. bei Verlagen eingereichte Manuskript veröffentlicht wird. Dabei hat jedes Buch seinen Markt, also seine Leser. tredition sorgt dafür, dass für jedes Buch die Leserschaft auch erreicht wird.

Im einzigartigen Literatur-Netzwerk von tredition bieten zahlreiche Literatur-Partner (das sind Lektoren, Übersetzer, Hörbuchsprecher und Illustratoren) ihre Dienstleistung an, um Manuskripte zu verbessern oder die Vielfalt zu erhöhen. Autoren vereinbaren direkt mit den Literatur-Partnern die Konditionen ihrer Zusammenarbeit und partizipieren gemeinsam am Erfolg des Buches.

Das gesamte Verlagsprogramm von tredition ist bei allen stationären Buchhandlungen und Online-Buchhändlern wie z. B. Amazon erhältlich. e-Books stehen bei den führenden Online-Portalen (z. B. iBookstore von Apple oder Kindle von Amazon) zum Verkauf.

Einfach leicht ein Buch veröffentlichen: **www.tredition.de**

Eigene Buchreihe oder eigenen Verlag gründen

Seit 2009 bietet tredition sein Verlagskonzept auch als sogenanntes "White-Label" an. Das bedeutet, dass andere Unternehmen, Institutionen und Personen risikofrei und unkompliziert selbst zum Herausgeber von Büchern und Buchreihen unter eigener Marke werden können. tredition übernimmt dabei das komplette Herstellungs- und Distributionsrisiko.

Zahlreiche Zeitschriften-, Zeitungs- und Buchverlage, Universitäten, Forschungseinrichtungen u.v.m. nutzen diese Dienstleistung von tredition, um unter eigener Marke ohne Risiko Bücher zu verlegen.

Alle Informationen im Internet: **www.tredition.de/fuer-verlage**

tredition wurde mit mehreren Innovationspreisen ausgezeichnet, u. a. mit dem Webfuture Award und dem Innovationspreis der Buch Digitale.

tredition ist Mitglied im Börsenverein des Deutschen Buchhandels.

Dieses Werk elektronisch lesen

Dieses Werk ist Teil der Gutenberg-DE Edition DVD. Diese enthält das komplette Archiv des Projekt Gutenberg-DE. Die DVD ist im Internet erhältlich auf **http://gutenbergshop.abc.de**